셋이서
수다 떨고
앉아
있네

셋이 모여
수다 떨고
안아
있네

오성호·윤정수·홍석천 지음 | 명로진 정리 | 이우일 그림

호우야

프랑스와 한국을 오가며 패션 사업가로 활동하고 있는 오성호, 방송인 홍석천, 개그맨 윤정수 세 사람은 나이를 떠나 친구처럼 지내고 있다. 이들은 종종 이태원의 레스토랑에서 만나 이런저런 이야기를 나누곤 한다.

이들에겐 공통점이 있다. 혼자 사는 남자라는 것. 자기 분야에서 확고한 위치에 올라 있다는 것. 위트 넘치는 대화를 한다는 것. 아이디어가 무궁무진하다는 것. 자수성가했다는 것. 무엇보다 따뜻한 인성의 소유자라는 것.

이 책은 가볍지만 진지하고, 유머 넘치지만 가슴 찡한 혼남들의 심포지엄이다.

이 시대를 사는 중년 남자들의 고민과 열정과 재치를 엿보기에 충분하지 않을까 싶다.

차례

1. 자살하려는 사람을 말리는 방법

SAY SAY SAY

젊은 연예인이 자살하고, 그 소식이 외신에까지 보도되면서 '한국, OECD 자살률 1위'가 재조명되었다는 소식에 씁쓸하다. 평생 치열한 경쟁 속에서 사는 우리. 모두가 그렇진 않지만 남과 비교하면서 사는 삶 속에선 행복한 마음을 느낄 수 없는 것이 현실이기도 하다.

홍석천·이하—홍

내가 서른여덟 살 때 작은누나가 이혼했어. 조카 둘은 시골에서 부모님이랑 살고 누나는 새로 생긴 남친이랑 살았어. 그런데 누나가 남친한테 맞았다는 거야. 내가 전화해서 당장 서울로 오라고 했어. 누나는 애들이랑 서울로 도망 왔어. 그래서 내가 조카들이 아기였을 때부터 데리고 살게 된 거지. 어느 날 보니까 누나가 보험을 들었더라고. 보험을 들었는데 말도 안 되게 여러 개를 든 거야. 애들 교육보험, 사망보험 등 한 달에 1000만 원 가까이 부어야 될 정도였어. 내가 물었어. "누나, 이 보험료 어떻게 감당할 거야?" 그땐 내가 한 달에 몇천씩 벌 때였거든.

윤정수 · 이하—윤
————

그래도 한 달에 1000만 원은 너무 많잖아.

홍
————

그래서 내가 물었어. "누나, 보험일 하는 남자 만나?" 그랬더니 그렇다는 거야. 그 사람이 누나를 꼬드겨서 보험을 그렇게 많이 들게 한 거야. 내가 난리를 쳤어. "그 새끼 데려와. 그 새끼랑 골프 치러 다니면서 이게 뭐야?" 그랬더니 작은누나가 그러더라고.

오성호 · 이하—오
————

"나중에 무슨 일 나면 좋잖아."

홍
———

맞아. "무슨 일 생기면 다 너 좋은 거야. 나 죽으면 네 앞
으로 다 가도록 널 수혜자로 해놨어." 이러면서.

오
———

그럴 때를 대비해서…….

홍
———

응. "다 그때 대비해서 들어둔 거야"라고 말하는 거야.
내가 조카들을 입양한 뒤였거든. "애들한테 무슨 일 생
겨도 좋고." 그 말을 듣고 나는 말도 안 되는 소리 말
라고 하면서 막 욕했어. 그랬더니 누나가 뭐라고 했는
지 알아? "네가 애들한테 해준 게 뭐 있어? 아빠면 다
야?"

오
———

빡치지. 그런 말 하면.

홍
———

그 말에 빡쳤어. "누나 나가. 당장 나가!" 화내고 내 방
에 가만히 있다가 집 앞에서 담배랑 물 사서 마포대교
까지 갔어.

윤

왜, 죽으려고?

홍

응. 일단 다리 밑으로 내려갔어. 한강 보면서 죽으려고.

오

다리 위에서 안 뛰고?

홍

뛰어내리는 건 무섭고…. 그 밑에서 그냥 살포시 물로 들어가려고.

윤

내가 미쳐. 죽을 때도 예쁘게 죽으려고?

홍

그때 새벽 3시가 넘었는데 내가 집 나간 거 알고 누나 들이 난리가 난 거야. 전화가 수십 통 왔더라고. 다 무 시하고 담배 한 대 피웠어. 그때 내 평생 처음으로 자살 을 결심했어. 결정 딱 내리고 담배 한 갑 다 피우고 죽 어야겠다 싶었어. 그런데 죽을 때 죽더라도 누군가에 게는 알리고 죽어야겠다는 생각이 드는 거야. 시골 부 모님한테는 전화할 수 없고. 누나한테는…….

오

화가 났고.

홍

응, 화가 났고.

홍

그래서 내가 누굴 생각했게? 옛날에 사귀었던 애인이
생각났어. 한국 앤데, 우리 집안 사정 다 알고 내 사정
도 뻔하게 알았지.

윤

잠깐만. 애인 성별이 어떻게 돼?

홍

남자.

오

아, 당연한 걸 왜 물어.

윤

여전히 궁금해하는 사람이 있잖아.

오

없어. 조용히 해.

새벽 4시에 개한테 전화했어. 그리고 혼자 드라마를 쓴 거야. '벨이 열 번 울리기 전까지 안 받으면 빠진다.' 그런데 네 번 울리니까 받았어. "어, 형 웬일이야?" 묻더라. "응. 그냥 목소리 듣고 싶어서"라고 답했어. 그런데 애가 우리 누나도 알고 그래. 내가 밤 열두 시 넘으면 전화하는 것도 알거든. 참 신기하지. 애가 전화 받더니 딱 그러는 거야. "목소리 듣고 싶긴. 왜 또 작은누나랑 싸웠냐?"

와. 신 내렸네.

대박.

응. 그러면서 이런다. "에이그, 안 봐도 훤해. 왜 또 애들 때문에 싸웠어? 남자 문제야? 너 어디야? 한강이라도 나왔냐?" 그 순간, 나도 모르게 피식피식 웃음이 나오는 거야. 대답하지 않고 낄낄대니까 또 그래. "어라, 진짜구나. 야, 이 병신아. 네가 거기서 죽으면 내가 장례

식에 가서 울 거 같아? 너같이 약한 놈한테 내가 5년을
바쳤다는 게 너무 자존심 상한다. 그래서 장례식장 안
가. 너, 당장 집에 가." 그래서 내가 "너 진짜 웃긴다.
너 신 내렸냐?" 그랬어. 걔가 자꾸 어딘지 묻길래 "마
포대교야." 그랬어.

윤·오

와, 하하하. 웃긴다.

홍

그랬더니 또 욕해. "너 진짜구나. 이 병신아, 생각해봐.
네가 왜 자살을 해? 어제 김대중 대통령이 돌아가셔서
지금 검색어 1위야. 너 거기서 죽어도 검색어 1위 못
해. 죽더라도 검색어 1등 할 때 죽어. 좀 기다렸다가.
가려면 시와 때를 잘 가려서 가." (웃음)

오

아니 진짜 그렇게 이야기했어?

홍

응, 그랬다니까. 그 무렵에 김대중 대통령이 돌아가셨
거든.

윤
___

미친다. 웃으면 안 되는데 웃긴다.

홍
___

그 얘기에 정신이 번쩍 들었어. 그러는데 해가 서서히
뜨면서 한강이 보이더라고. 그런데 보니까 전날 비가
와서 한강이 똥물이야. 너무 더러웠어.

오
___

어휴, 나중에 찾으려면 힘들어. 춥고.

홍
___

그래서 들어가지 못하겠더라고.

윤
___

타이밍 놓쳤네.

홍
___

그런데 물을 계속 마셨더니 소변이 너무 마려워. 그냥
한강에 실례하려는데, 뒤를 보니까 아줌마들이 캡 쓰고
뛰고 있어. (석천의 아줌마 흉내에 성호와 정수 쓰러짐)

윤·오
___

미치겠다.

홍
___

아줌마들이 보는데, 그래도 명색이 연예인인데 어떻게
그냥 싸냐. 그래서 나도 졸라 뛰었어.

윤
___

끝났네.

홍
___

저 아줌마들은 새벽부터 살겠다고 저러는데······ 그런
생각하면서 뛰었어. 그러면서 뛰는데 한 빌딩 1층에서
커피숍이 문 열고 있는 거야. 종업원한테 "아이스 아메
리카노요" 외치고 바로 화장실에 가서 오줌을 누는데.
나도 모르게 이런 말이 나와. "아, 살 거 같다."

오
___

와, 재밌다.

윤
___

하하하.

홍
___

몇 초 전까지 죽으려고 했던 새끼가 살 거 같다고 느끼
는 거야. 그리고 아이스 커피를 빨대로 마시는데, '세
상에 이렇게 맛있는 걸 두고 내가 죽으려고 했다니. 내

가 죽고 싶어도 아이스 아메리카노가 너무 맛있어서
못 죽겠다' 했어.

오
———

(박수 치면서) 멋있다.

윤
———

대박이다.

홍
———

사람들이 다 나한테 죽겠대. 힘들어서, 빚 많아서, 뭐 죽
겠다 죽겠다 그러는데 내가 그때마다 뭐라는 줄 알아?

오
———

뭐라고 그래?

홍
———

살아라. 건강한 몸 하나 있으면 사는 거야.

윤
———

맞아. 제주도에 이런 말이 있어. "살암시면 살아진다."
살려고 하면 사는 거야.

홍
———

내가 또 이래. "죽으려면 병원 앞에 가서 죽어라. 그래
야 장기 기증이라도 하지."

윤
———

난 산골로 갈 거야. 아무도 모르게.

홍
———

하여간 죽으려는 사람한테는 쌍욕을 해야 돼. 예전에
는 "그러지 마세요. 제발 가족을 생각해보세요"라고 했
어. 그런데 지금은 아예 욕을 해. 그래야 더 안 죽어. 살
겠다고 생각해.

2. 인생이 대출

누군들 빚진 인생을 선호하겠는가. 정수가 보증을 잘 못 섰다가 몇 년 동안 고생했던 이야기를 하고 있는데, 석천이 조금 늦게 사무실에 도착했다.

윤
_____

아니, 왜 이렇게 바빠?

홍
_____

돈 벌어서 빚 갚아야지. 빚이 50억이야.

오

진짜? 무슨 빚이 그렇게 많아?

윤

형, 사업하다 보면 그렇게 돼. 몰라? 나도 보증 잘못 섰다가 20억 가까이 빚진 적 있어.

홍

건물 대출에 사업 대출 때문에 그래. 정 급하면 건물 팔면 돼. 두 개니까. 그런데 팔려야 팔리는 거지. 그때까지 이자를 내야 하니 문제지.

윤

거리두기 단계를 높였으면 건물 임대료하고 은행 대출이자도 적게 내게 해줘야지. 이율은 안 내리고 자영업자한테만 부담을 주니 어떻게 해.

홍

내일 생방송할 때 그 이야기할 거야. 벌써 국민청원에도 올라가 있어.

오

건물주 가운데도 이자 내는 사람이 많아. 은행만 돈 버는 거지. 은행은 안 그래도 흑자인데.

홍

맞아. 렌트비 같은 거 있지? 식당 카운터에서 쓰는 '포
스' 비용도 렌트로 내거든. 이렇게 나가는 게 한 달에
몇십만 원이야. 그런데 안 쓰잖아. 문 닫고 있는 사이에
는 렌트비를 깎아줘야지. 그런데 다 받아 가.

윤

모든 게 스톱되면 그야말로 올 스톱되어야지.

홍

고정비란 것이 있어. 월세가 500만 원이면 고정비가
150만 원 정도야.

윤

아르바이트생이랑 사업자만 죽으라는 거잖아. 노래방
세 개 하던 사람은 집 팔아야 해. 내 방송에도 어떤 분
이 그런 사연을 보냈더라고.

홍

노래방 기계도 렌트한 걸 거야.

윤

저작권료도 있고, 종종 업데이트도 해야 한대. 그게 다
비용이지.

오

아, 그 생각은 못 했네. 곳곳이 렌트구나. 난 정수기만 렌트하는 줄 알았지.

윤

정수기, 공기청정기, 포스기도 렌트. 자동차도 렌트. 요즘에는 침대 매트리스도, 안마의자도 별의별 게 다 렌트야.

오

렌트 인생이네, 우리 사는 게.

홍

그러니까 고통을 분담해야 하는 거야. 자영업자들만 불쌍해.

오

그래도 석천 씨는 건물이 있잖아.

홍

응. 나는 내가 먼저 내 건물에 세 든 사람들 임대료를 깎아줬어.

오

진짜 잘했어. 대단한 거 같아. 석천 씨. '착한 건물주 운동'도 하자고 했지?

홍

내가 임차해서 써봤잖아. 임대료가 오르면 자영업자들은 정말 힘들어. 평당 2000만 원 하던 이태원 건물이 지금 1억 원이니까 임대료도 엄청나게 올랐지.

윤

잘나갈 때 미리 사두지.

홍

그러게. 충분히 살 수 있었는데 뒤늦게야 후진 곳에 건물을 샀어. 내가 처음에 해밀턴호텔 뒷골목 2층에서 조그맣게 식당을 시작했는데 잘되니까 젠트리피케이션 됐어. 건물주가 세입자를 다 쫓아냈지. 그 건물주가 임차인 쫓아내는 걸로 유명했어. 꼭 "내 자식한테 물려주려고 그런다"는데, 할 말 없지.

　1층에서 장사 잘하던 선배가 어느 날 쫓겨나더라. 이제 내 차례다 싶었어. 월세 200만 원 할 때 가게를 시작했는데 몇 년 만에 850만 원까지 올리더라. 보증금도 두 배로 올렸어. 장사하지 말라는 이야기지. 내가 그때 건물주 앞에서 울었어. "사장님, 이러시면 안 됩니다. 여기 아무것도 없을 때 제가 들어와서 1억 원 권리금에 건물 값어치를 올렸는데 눈 하나 깜짝 안 하고 이러시면……." 그때 건물주가 뭐라고 했는지 알아?

오
___

뭐래?

홍
___

"연예인이 이러면 안 되지."

윤
___

연예인이 무슨 잘못이야?

홍
___

그러면서 "나 이거 내 딸한테 줄 거야"라고 하더라.

오
___

딸이 있었어?

홍
___

그러니까. 내가 물었어. "따님이 있으세요?" "응."

오
___

오 몽 디유^{Oh, Mon Dieu}! (오성호님은 프랑스에서 오래 살아 '오 마이 갓'을 프랑스어로 이야기한다)

대박.

딸 주겠다는데 뭐라고 해?

(모두 웃음)

건물주가 된 이유

HONG SAYS

　'마이 타이', '마이 차이나', '마이 첼시'는 이태원에서 꽤 유명한 식당 브랜드다. 한 7∼8년 태국, 중국 음식으로 장사 잘했다. 하지만 까먹기도 했다. 투자한 금액이 어림잡아 4억 원 정도다. 권리금 9000만 원 주고 들어간 곳을 또 돈 들여서 인테리어했다. 내 건물이다, 아니다, 라는 생각이 없었다. 그저 '내 식당이니까 멋지게 꾸며야지' 하는 생각뿐이었다. 나중에 보니 '앞으로 벌고 뒤로 까먹은' 격이었다.

그 외중에 건물주에게 된통 당하고 나서 처음으로 '건물을 사야겠다'는 생각이 들었다. 부동산에 가서 "내가 달러 빚을 내서라도 건물을 사겠다"고 했더니 건너편에 거지 같은 건물을 소개해줬다. 가보니까 짝퉁 가게 본거지였다. 3층짜리인데 모든 가게가 쪼개져서 짝퉁 창고 여덟 개가 있었다. 아무 생각 없이 그냥 샀다. 은행에서 대출되는 대로 다 당겨서 샀다. 화가 나서.

문제는, 건물을 샀더니 임차인분들이 "우리는 못 나간다"고 하는 거다. 왜 못 나간다는 건지 궁금해서 만나 얘기했더니 "당신, 이 건물 사서 뭐할 계획이냐?"고 물었다. "제 가게 하려는데요"라고 하니까 "누구 맘대로?"라고 하는 거다. 세입자 권리라는 것이 있는데, 그걸 몰랐다. 가만히 보니 모든 가게가 다 좀 이상했다. 살짝 불법 냄새도 나고……. "그럼 어떻게 해드릴까요?" 하니까 1년, 1년 반 정도 시간을 달라고 했다. 알겠다고 했다. "월세 올릴 거야?" "안 올릴게요." "나갈 때 돈 줄 거야, 안 줄 거야?" "돈 드릴게요." 그래서 어떤 가게는 2000만 원, 3000만 원 줬다. 최고는 구두 가게로 5500만 원까지 줬다. 2년에 걸쳐 세입자들을 다

내보내고 다시 4억~5억 원 들여 보수해서 가게를 열었다. 그런데 쫄딱 망했다. 그때가 2014년이다. 그때까지 번 돈을 몽땅 까먹었다.

하여간 건물주도 어려움이 있다. 하지만 자영업자만 하겠나? SNS 통해 지난번 2차 확산(2020년 여름) 때 "착한 건물주가 되어서 임대료를 내리자"고 했다. 그걸 보고 고 박원순 서울시장님이 응원해주었고 릴레이로 이어가라고 해서 "응. 그럼 혜민 스님이 동참하면 좋겠네" 했다. 그런데 '혜민 건물주 파동'이 났다. 좋은 일 하려다 그렇게 된 거라 좀 미안하기도 하다.

3. 집이 뭐길래

대한민국은 아파트가 있는 사람과 없는 사람으로 나뉜다던가. 아파트값이 하루가 다르게 오른다는 뉴스. 우리나라 국민이 내 집을 처음 마련하는 데는 평균 7년 이상의 세월이 걸린단다. 도대체 잘 살기 위한 집일까, 잘 사기 위한 집일까?

윤
—

내가 집을 날려보니까 집이란 게 참 의미 없어. 난 월세만 10년 살았어.

그래도 집을 사. 대출해서 이자를 내더라도 사는 게 나을 거야.

얼마 전에 디스커버리 채널에서 봤는데 〈빈집살이〉라는 프로그램이 있어. 라미란 씨가 MC 보는. 너무 오래된 집이 한 채 있어. 위치도 안 좋아. 언덕 위에 있는 집 같은 거지. 땅값도 싸. 부암동에 있는 건데. 이런 빈집이 서울에만 3000채가 넘는대. 코너에 있는 한 30평 되는 집을 어떤 가족이 샀어. 엄마, 아빠, 아이 둘. 원래 3억 3000만 원에 아파트 전세를 살았는데 전셋값이 오른 거야. 더는 감당하지 못할 거 같아서 "서울에서 아파트에 사는 건 포기하자"고 결심하고 빈집을 구매한 거지. 그 집이 3억 5000만 원이었어. 수리비가 2억 원 조금 넘게 들었어. 총 6억 원에 3층 집을 마련한 거지. 방이나 테라스 뷰가 너무 좋아. 행복지수가 팍팍 올라가는 거야. 애들이 좋아서 미치려고 해. 개도 기르고. 이사할 필요도 없고.

윤
___

그런데 형은 건물 두 개 끝까지 갖고 갈 거야? 하나는
어떻게 해야지.

홍
___

응. 내가 알아서 할게. (웃음)

윤
___

나는 굳이 집을 살 필요가 없는 거 같아. 수십억 원을
깔고 앉아 있는 건 아닌 거 같아. 난 일해서 돈 불려 나
갈 거야. 부동산으로 돈 불리는 건 나한테 안 맞아. 일
해서 세금 낼 거야.

오
___

눈앞에 투자 가치가 확 보이는데도 안 할 거야?

윤
___

(바로) 해야지. (웃음)

홍
___

난 강릉이나 양양, 속초 같은 데 집 짓고 살았으면 좋
겠어. 공기 좋은 데서 살고 싶어, 이젠. 엄마 아빠랑. 어
제 다큐멘터리를 봤는데 신안군 흑산도에 공항이 들어
선대. 울릉도랑 백령도에도 공항을 건설한다고 그러잖

아. 거기 이장이나 나이 든 분들한테 "공항이 들어서면 뭐가 좋아질까요?" 하고 물어보니까 뭐라고 했게?

윤
———
서울에 아들 보러 갈 수 있어서 좋다고?

오
———
"우리 동네에도 공항 있다" 자랑할 수 있으니까…….

홍
———
아냐. 다들 이런다. "나 아플 때 병원 갈 수 있으니까 얼마나 좋아. 배가 못 뜨면 치료도 못 받고 죽을 텐데."

윤·오
———
아!

홍
———
사람들은 전원주택이나 타운하우스를 좋아하잖아. 난 도시를 좋아해. 난 운전면허증이 없어. 그래서 대중교통이 편해야 돼. 50 넘으니 이런 생각이 들어. '혼자 살고 있는데 병으로 쓰러지면 어떻게 하나?' 병원이라도 가까이 있어야 살지 싶어.

윤
———
지금 옥수동 살지, 형?

홍

응. 옥수동 아파트 너무 좋아. 지하철 있고 대중교통 편하고. 32평인데 혼자 사니까 더 큰 아파트로 갈 필요도 없어. 더 넓은 데 살아봐야 돈 깔고 앉아 있는 건데. 그걸로 충분해.

윤

60 넘은 사람들은 또 다른 생각들을 할 거야.

오

무슨 생각?

윤

자식 생각 같은 거. 젊었을 때는 자식이 교육을 잘 받을 수 있는 데서 살고 싶어 하고, 나이 들어선 자식 가까운 데서 살고 싶어 하고……. 그런데 뭐든 계획대로 안 되는 거지.

오

그런데 석천 씨는 혼자인데 그렇게 넓은 집이 필요해?

윤

질문이 틀렸어. 짐이 많아서 넓은 집에 살아요, 저 형은. 홍석천도 뭘 버리질 못해. 나도 넓은 집이 좋아. 기본적으로 60평은 되어야 해. 시골의 땅값 좀 싼 곳에서 살아야지. 집이라면 마당도 있어야 하니 100평쯤 되면 좋겠어. 내가 태어난 시골집이 그랬거든.

오
———

왜? 난 열 평짜리 오피스텔에 살아.

윤
———

아니, 형도 파리 집은 넓잖아. 거기도 한 100평 되는 거 같던데. 왜 남 말 하듯 그래? (웃음)

하루를 살아도 멋지게

OH SAYS

　　파리에 산 지 30년이 넘는다. 지금 사는 곳은 샹젤리제 근처의 아파트인데, 1861년에 건축됐다. 160년 된 아파트다. 생각해보라. 우린 30년만 넘어도 다 헐고 새로 지으려고 한다. 건물에 결함이 있어서라기보다는 무조건 새것을 좋아해서다. 파리에는 100년 넘은 아파트…… 이런 곳이 많다. 고풍스럽고 멋있다. 골동품 속에서 사는 거다. 고쳐가면서. 얼마나 좋은가?

　　유학 초기, 파리에 살면서 빈티지라는 개념을 알게

됐다. 카페나 가게를 보면 건물이나 실내 한 귀퉁이 마감을 일부러 끝내지 않고 자연스럽게 놔두거나 공사 초기부터 천장이나 벽의 한 부분을 그대로 두곤 한다. 이런 고풍스럽고 독특한 모습, 원래 있었던 느낌을 살려주는 인테리어에 감탄했다. 한국에서는 전혀 보지 못한 방식이었다. 당시 선풍적으로 인기를 끌던 빈티지 패션 트렌드와 잘 맞아떨어졌다. 무조건 전부 허물고 새것으로 만들려고 하는 한국의 기존 관념에 익숙했던 내게 이 장면은 신선한 충격이었다.

난 집이 내 아이덴티티라고 생각한다. 파리의 아파트 말고도 내겐 칸, 방콕, 서울에도 집이 있다. 서울 집이 제일 좁다. 열 평짜리 오피스텔이다. 1년에 한두 달 와 있는 곳이지만 완벽하고 깔끔하게 유지하려고 애쓴다. 인테리어도 내 스타일로 바꿨다. 내 집은 주로 화이트 톤 젠 스타일로 꾸며져 있다.

서울은 완벽한 편리함의 도시다. 어느 때나 전화로 배달을 신청하기만 하면 원하는 상품을 완벽하게 받을 수 있는 모습이 내게는 무척 신기하다. 한마디로 배달

천국이다. 서울의 내 작은 집 역시 편리하다. 공항에서 접근하기도, 강남북으로 이동하기도, 지방으로 여행하기도 좋다. 한국에서 생활하기에는 최고의 여건을 갖추고 있다.

그런데 이 작은 오피스텔 복도를 걸어가노라면 약간 음산한 교도소 영화가 생각난다. 각 오피스텔의 문 앞에는 입주자들이 주문한 먹을거나 쇼핑한 물건들, 심지어 커다란 생수 병 박스 같은 것들이 놓여 있다. 저 물건들을 다 집 안에 들여놓으면 누울 자리도 없을 텐데, 신경 쓰이지 않나 보다.

서울 집은 문을 열 때 디지털 도어록이라 너무 편하다. 몸만 나오면 된다. 파리에서는 공동 대문 열쇠, 아파트로 들어가는 두 번째 공동 열쇠, 마지막으로 내 집으로 들어가는 열쇠 등 총 세 개의 열쇠가 필요하다. 한국 우체부 아저씨는 우리 집에 물건을 배달할 때 내 개인 스마트폰으로 하루 전에 문자를 보내준다. 당일 아침에도 문자를 보낸다. 내가 "물건은 집 앞에 두고 가세요"라고 답을 보내면 사진을 찍어 배송이 완료됐음을 알려준다. 완벽한 호흡이면서 대단한 서비스 정신이

다. 하루는 집에 도착했는데 "부재중이어서 내일 다시 오겠습니다"라는 쪽지가 붙여져 있었다. 30분 전에 두고 간 모양이었다. 적혀 있는 번호로 연락했더니 20분쯤 뒤에 다시 와서 물건을 주고 갔다. 환상적이다.

프랑스의 아날로그 정신은 참 답답하지만 마음에 든다. 불편하지만 우직하고 정직하다. 옛것을 존중하는 시대정신이 살아 있다. 그 여유로움 속에 담겨 있는 우아함은 절대적이다. 이런 우아함이 깃들어 있는 아날로그의 매력 때문에 내가 여태껏 파리에 살고 있는지도 모르겠다.

프랑스 친구가 있다. 그는 라데팡스 지역 50층 빌딩 관리자다. 집도 멋지다. 그런데 집 자체보다는 그가 사는 방식이 더 좋다. 저녁 초대를 받아서 그 친구 집에 가봤는데 스파게티를 끓여서 접시에 내놓았다. 치즈 가루를 뿌리고 샐러드가 나오고 그게 다였다. 그런데 헝겊으로 된 냅킨과 꽃, 촛불은 필수다. 또 와인은 고급스러운 걸 내놨다. 초를 켜고 꽃을 장식해놓는 행위, 그런 게 여유다. 소박해도 꽤 고상한 문화다. 집이 아무리

넓어도 그런 스타일과 생각이 없으면 아무 소용없다.

일본 친구 집에 간 적이 있다. 집이 좁아도 화단이 있더라. 화단은 일본식으로 아기자기하게 꾸며놨다. 수석도 있고 작은 연못도 있고……. 그런 게 사람의 여유를 나타낸다. 화단에 꽃 심는 사람의 마음을 생각해보라. 좋은 집에 산다는 건 결국 여유의 문제다. 나 역시 화단이 있으면 당연히 꽃을 심고, 화단 만들 자리가 없으면 화초라도 가져다 놓는다.

유학 온 후배들한테도 말한다. 벼룩시장에 가면 가구와 그릇 예쁜 거 많으니까 구입해서 살라고. 이 친구들은 "내년에 떠날 건데요, 뭐" 그러면서 안 산다. 그냥 대충 매트리스 깔고 이불 덮고 그러고 산다. 그건 "내년에 죽을 건데 사랑하지 말아야지" 하는 거와 같다. 이건 옳지 않다. 지금 여기 현재에 충실해야 한다.

"하루를 살아도 제대로 멋지고 우아하게." 난 이렇게 살려고 하고 있고, 또 이렇게 기억되고 싶다. 내 안에는 우리 시골의 아름답고 시크한 정취가 살아 있다. 파리에 살든, 방콕에 살든, 서울에 살든 그것을 내가 사는 곳에 구현해놓는다. 앞으로도 한국 전원의 정취를 재발견하고 재창조하면서 살고 싶다.

4. 한때 괴도 루팡이 있었다

2020년 시청률이 높았던 드라마 중에 〈부부의 세계〉라는 것이 있다. 극중에서 부모가 이혼하자, 아들이 도벽에 빠지는 장면이 나온다. 갑자기 바뀐 환경에 긴장감을 해소할 수 없었던 이 청소년의 일탈에 부모가 마음을 어루만져주는 사과를 해주었으면 하는 마음이 가득했다.

윤
—————

초등학교 때 친구한테 400원을 훔친 적이 있어. 100원짜리 동전 네 개. 그거면 빵 네 개를 살 수 있었는데 도저히 쓸 수 없었어. 짜릿하기도 하고, 금방 쓰면 들킬까 봐 무섭기도 하고……. 그걸 동전 지갑에 넣어서 소나무 밑에 숨겨놨어. 나중에 쓰려고. 그런데 그 지갑을 새끼 고양이가 물어 갔어. 뭐라도 있는 줄 알았나 봐. 아니, 고양이가 동전을 어디 쓰려고 가져갔을까?

홍
———

나도 3만 원 훔친 적 있어.

오
———

뭐야. 다들 괴도 루팡이야?

홍
———

2000년에 커밍아웃했는데, 그러고 나서 방송 일이 딱 끊겼어. 그래서 신동엽이 하는 뮤지컬을 했어. 제목이 지저스 뭐였는데, 아이고 모르겠다. 동엽이가 예수야. 끝나고 회식을 동엽이 집에서 했어.

윤
———

집에서 뒤풀이를 했어? 어마어마하네. 그때 동엽이 형 잘나갈 때였지?

홍

엄청 잘나갈 때였지. 걔가 술을 좋아하잖아. 뮤지컬 같
이한 애들을 전부 집으로 불렀어. 맥주에 양주에 안주
도 엄청 많았어. 뮤지컬하는 애들이니까 노래하고 춤
추고 얼마나 잘 놀아? 애들이 난장을 피운 거야.

윤

형은 술 안 하잖아.

홍

그중 나만 술을 못 마셨어. 밤새 놀다가 다들 만취해서
누워 있고 그랬어. 눈 뜨니까 갈 놈은 가고 김진우랑 나
만 남았어. 너무 지저분해서 내가 청소를 시작했다? 슈
퍼에서 대충 사다가 해장국까지 끓여놓고. 동엽이 의
상이 쫙 있는 방까지 정리를 싹 했거든. 그런데 거기 이
렇게 투명한 유리 선반 있는 서랍장이 있었는데, 보니
까 만 원짜리가 부채꼴로 쫙 펼쳐져 있는 거야.

윤

5만 원짜리는 없었나?

오

5만 원권은 나온 지 얼마 안 돼. 한 10년 됐나?

홍
———
5만 원짜리는 없었던 시절이야. 하여간 거기 현찰이 엄청 있었어.

윤
———
그때 동엽이 형 아카디아 탈 때야.

홍
———
응, 맞아. 진짜 견물생심인가 봐. 돈이 눈앞에 있는데, 집에 갈 차비도 없고, 갑자기 '여기서 3만 원만 가져가면 좋겠다'는 생각이 든 거야. 그래서 훔쳤어. 너무 양심에 찔려서 스스로 최면을 걸었어.

오
———
뭐라고?

홍
———
'청소하고 요리한 거에 대한 일당이다'라고 생각했어.(웃음) 만 원짜리 세 개를 꺼내서 나오는데 동엽이가 딱 방 앞에 서 있는 거야. 눈 비비다 날 보더니 "이런 개새끼!" 이러는 거야.

윤
———
걸린 거야?

홍

식겁했지. 내가 돈 빼내는 거 본 줄 알고. 그런데 "너 이 새끼, 나 안 건드렸지?' 하는 거 있지? (웃음)

오

그거 말 안 했어?

홍

10년 뒤에 훔친 거 커밍아웃했어. 한 방송 프로그램에 동엽이랑 같이 나갔을 때 그 얘길 했지.

윤

주로 커밍아웃이구나, 형은. (웃음)

오

동엽 씨가 뭐라고 그래?

홍

"3만 원 아닌 거 같던데? 한 10만 원 가져간 거 아냐?" 그러면서 웃었어. 그런데 난 참 기분이 우울했어. 내가 진짜 왜 그랬나 싶고…….

윤

어려울 땐 그럴 수 있어.

오

어려울 땐 마음이 약해져. 프랑스에서 처음 유학할 때 부모님이 돈을 늦게 보내준 적이 있어. 그땐 정말 장발장처럼 빵이라도 훔치고 싶었어.

윤

훔쳤어?

오

아니. 지금처럼 바로바로 송금되는 게 아니고 그때는 한국에서 돈을 보내도 며칠 뒤 도착하곤 했어. 그런데 일주일이 늦어지자 생활비가 딱 떨어졌어. 그때 3일을 굶었어.

윤

석천이 형 같으면 빵 훔쳤어. (웃음) 형도 털어놔봐.

오

뭘 또?

윤

누구한테 뭐 훔친 거 분명 있을 거야.

홍

하다못해 마음을 훔친 거라도 있을 거 아냐?

오
___

응, 그런 건 좀 있다. 그런데 돈 같은 거 훔친 적은 없어.

윤
___

없다고? 아이, 재미없어.

오
___

오늘은 석천 씨가 할 일 다 했어. 진짜 스토리텔러야.
이럴 때는 입 다무는 게 정답이야.

5. 친구의 친구의

'친구'는 내 외로움에 대한 보험이 아니다. 그럼에도 불구하고 우리는 '친구'라는 단어 안에 너무 많은 기대와 소망을 담고 있는 건 아닐까? 서로가 즐거우면 그만. 그 즐거움의 상대를 굳이 '친구'라는 말에 가둘 필요는 없을 것 같다.

홍
——————
실검 1위 올랐던데? '아이컨택트'에서 20년 지기 손현수가 정수 씨한테 무슨 결별 선언했다고.

윤
———————

해프닝이었어. 다시 좋아졌어.

오
———————

친구야?

윤
———————

후배예요. 난······ 선후배는 많은데 이상하게 친구가 없다.

오
———————

유쾌한데 왜? 마음을 잘 안 여는구나.

윤
———————

내가 말을 전달할 때 과장되게 하는 경우가 많더라고. 목소리 톤도 좀 높고. 무엇보다 난 남한테 피해 주는 걸 싫어해. 내가 좋아하는 걸 남에게 해주기도 싫고. 솔직히 사람 만나는 것보다는 게임을 좋아해요. 시간 날 때 한 시간 정도 하는데, 그 이상이면 피곤하고.

홍
———————

고집이 센 거 아냐?

윤
———————

그렇기도 하겠죠. 나한테 친구가 없는 결정적인 이유

가 있어. 친구가 좋아서 금전적인 면을 책임진다고 나
섰다가 파산했어.

오

정확히 얼마?

윤

전 재산.

홍

실망한 거지. 배신감 느꼈지?

윤

살의가 느껴질 정도로. '내가 가족이라도 있으면 사고
를 안 칠 텐데……' 이런 생각이 들었을 정도. 그런데
지금은 잃을 게 많아. 새로 생길 가족을 위해 포기하는
거지. 친구의 약속에 대한 신뢰를 잃었어. 아는 동생이
"형도 투자한 거잖아. 좀 기다리라고" 그러더라고. 그
러곤 또 그냥 넘어가고 또 넘어가고 그렇게 버티고 기
다리다 결국 이자가 불어나서 파산까지 갔지.

오

인생에 어떤 문제가 있었던 거야?

윤
———

사실 내가 그동안 대충 살았어. 가장 큰 이유가 외할머니 밑에서 자란 거야. 왜 그 영화 〈미나리〉 봤어? 거기 보면 꼬마가 어떤 장난을 쳐도 외할머니가 다 받아주잖아. 그런 거야. 할머니 밑에서 자란 애들은 편해. 부모는 악착같이 키우거든. 엄마가 결혼에 실패하고 남자 만나는 거에 올인하느라 나에게 신경쓰지 않았어. 그래서 외할머니가 키웠는데, 외할머니의 사랑은…… 대강이야.

오
———

학교는 보내줬겠지.

윤
———

집중적으로 무슨 몬테소리를 보내고 유치원을 단계적으로 보내서 가르치고 이런 계획이 없어요. 교육은 디테일인데 말이야. 그래서 난 잔머리가 발달했나 봐. 초등학교 때부터 내가 큰 말썽만 안 피우면 편안하게 인생 살 수 있겠구나 하고 생각했어. (웃음) 다른 엄마들은 성적이 조금 떨어지면 난리 나잖아. 난 그런 게 없었어. 어떤 면에선 좋았지.

홍
———
잔머리는 어떻게 굴렸어?

윤
———
중고등학교 때 예를 들어볼게. 학교에 싸움 잘하는 놈
이 있어. "야, 너 이리 와봐." 그러면 나는 소위 '빽'이
없으니까 신중하게 생각해. '여기서 그냥 튈까? 한번
가볼까? 아니면 맞짱 떠볼까? 소리를 지를까? 소리를
적당히 지르고 아픈 척할까?' (웃음)

오
———
진짜 잔머리다.

윤
———
뒤를 내가 감당해야 하니까. 하다못해 싸움 잘하는 놈
도 부모가 있단 말이야. 말썽을 피워도 결국 부모가 와
서 빌면 그 책임이 많이 줄어든다고. 난 그런 게 없어.
없다고 여겼어. 스무 살 때부터는 모든 것을 스스로 결
정했어. 자존심이 세니까 어렵지 않은 척하면서 결정
했어. 독립적으로 생각했고……. 그러다 보니 생각이
많아졌어.

오
———————
그때부터 개그맨 소질이 있었구나.

윤
———————
이거 개그 아니에요. 이게 왜 개그야?

오
———————
그럼 뭐야?

윤
———————
내가 지난번에 이야기했죠? 한 손으로 밥 먹고 한 손으로 김치 먹으면서 계속 손 씻어가면서 먹었다고. 이게 개그야? 삶이지.

오
———————
짧은 시간에 이야기 잘하네.

윤
———————
생각이 많은 걸 정리하는 거야. 난 이야기하기 전에 나름 머릿속으로 정리해가면서 말해. 방송하면서 이렇게 못 하면 바로 잘려. 나, 아이큐 높아. 중학교 때 선생님이 집에 찾아와 외삼촌한테 그랬어. "정수는 똑똑해서 공부를 시켜야 합니다." 외삼촌이 선생님 앞에서는 "네, 알겠습니다. 정수야, 선생님 말씀 잘 들어라" 하고

서는 선생님이 돌아가고 나서 "야 이 자식아, 너 이리
와봐. 학교 얌전히 못 다녀?" 하며 또 맞고 그랬어. 외
삼촌도 대충 교육 받으면서 살았을 거야. (웃음)

홍

부모 밑에서 자라지 않으면 아무래도 통제가 느슨해.
노는 게 좋고 이성이 좋고. 그래서 공부하기 어려워.

오

그래도 나쁜 길로 안 빠졌네.

윤

내 안에 성선설, 성악설이 다 있어. 나를 지키기 위해서
는 약간 성악설을 따르고, 내가 좋아하는 거나 내 친구
를 위해서 또는 여친 만날 때는 성선설이야. 한없이 이
해해주고 착하게 굴지. 그런데 둘 사이를 왔다 갔다 해.
그래도 어쨌든 내가 가진 유전자가 좋았어.

오

나쁜 일은 안 했어?

윤

남을 먼저 때린 적은 없어. '선빵'은 안 해. 다만 맞으
면 때린다. 맷집이 좋아. 맞아도 후유증이 적어. 맞고

기절한 적도 몇 번 있어. 내가 때리기가 좋잖아. 형하고
내 얼굴을 비교해봐. 형은 앞에서 보면 얇잖아. 내 얼굴
을 봐. 남보다 넓잖아. 웬만큼만 뻗어도 맞거든, 내가.
(웃음)

오

참, 지난번 인스타 보니까 극장이던데. 영화 자주 보러
다니나 봐.

윤

응, 주로 선배 아니면 후배랑 다녀. 친구들에겐 얻을 게
없고.

오

선후배하고도 친구가 될 수 있어.

윤

선후배한테는 뭐 까불기도 하고 그래. 이렇게 저렇게. 그
런데 너무 까불면 또 싫어해. 그 경계선을 잘 알아야 해.

오

그 부분에 대해서 나는 굉장히 오픈 마인드야. 나랑 제
일 친한 친구는 스물여덟 살이야. 같은 또래만 친구하
란 법은 없어. 그 친구랑 식당에 가면 열 번 중 여덟 번

은 "형이 너보다 돈을 더 버니까" 하면서 내가 내.

홍
———

다 내주지 왜?

오
———

너무 다 사주면 안 돼. 한두 번은 저도 사야지. 일할 때
도 수평적으로 하지. 젊은 사람 관심사도 들어보고. 어
떨 때는 어린 친구들이 "형은 너무 철이 없어" 하면서
조언도 해주고 그래. 그러면서 어울려.

윤
———

그런 게 좋지.

오
———

우리 친구합시다.

윤
———

그러지 뭐. (웃음)

오래 함께한 후배를 때하는 방법

HONG SAYS

　　오랫동안 식당을 운영하다 보니 친구보다는 후배들과 더 가깝게 지낸다. 오성호 님, 정수 씨랑 자주 갔던 경리단 식당도 2019년 가을에 내 밑에서 제일 오래 있었던 후배에게 물려준 거다. 막 물려주고 나서는 엄청 잘됐는데, 코로나가 왔다. 그래서 걱정돼서 가봤다. 그 친구 말고도 나랑 같이 일하다 독립해서 나간 직원들은 다 잘됐다. 내가 어떤 권리나 지분을 갖고 있는 건 아니다. 자주 가서 봐주거나 손님들을 데리고 가서 팔

아주는 게 전부다.

이 친구들은 나랑 같이 일하면서 내가 하는 서비스, 내가 가게 꾸미는 감각 같은 걸 보고 배워 나갔다. 이태원, 경리단, 압구정, 해방촌, 경주 등등 여러 곳으로 나갔다. 내가 할 때보다 더 잘됐다. 아무래도 잘되는 게 안 되는 것보단 좋다.

우리가 맨날 모이는 경리단 가게 대표 J는 감각이 좋다. 인테리어를 할 때 내가 어떤 그림을 건다. 그럼 다른 직원들은 다 "사장님은 왜 이런 걸 걸지?" 그러는데, J는 딱 좋다고 한다. 나하고 죽이 잘 맞았다. 그 친구는 내가 처음 식당 할 때부터 내 밑에 있었다. 그런데 시간이 지나면서 J 이후에 들어온 직원들이 나가서 식당 사장이 됐다. 그 후배들이 가끔 놀러 왔는데 걔들은 '대표' 명함 갖고 오는 거다. 그런데 이 친구는 아직도 매니저였다. 그래서 J에게도 물려주지 않을 수 없었다.

이 이야기를 하고 싶다. 한 후배 매니저가 날 감동시킨 일이다. 이 친구는 감각보다는 성실함으로 승부했다. 초등학교 때 자기 형이 일진이었다고 농담처럼 이야기하곤 했다. 자기 형이 고등학교 때까지 동네 '짱'이었는데 덕분에 자기도 '짱'이었다고 했다. 그런데 진짜 눈에서 레이저가 나왔다. 그만큼 눈빛이 살아 있었다. 생긴 것도 원빈 못지않고 깡말라서 딱 봐도 대단한 느낌이었다. 이 원빈 씨(!)는 서른 살 때 처음 일하러 왔다. 그런데 11시에 출근했다. 가게가 오후 5시에 여는데. 처음에는 그런가 보다 했다. 입사해서 한 달 정도는 '나도 성실합니다' 이런 거 보여줘야 할 거 아닌가. 그렇게 생각했다. 제스처라고. 그런데 그냥 매일 계속 11시에 나왔다.

내가 어쩌다 일찍 들러보면 항상 가게에 나와 있어서 "왜 이렇게 일찍 왔어?"라고 물었더니 "여기 와보면 직원들이 다 동생뻘인데 저만 아무것도 몰라서요. 와인도 모르고 음식도 모르고……. 그래서 나와서 그냥 배우고 있는 겁니다"라고 했다. 아르바이트할 때부터 그랬다. "그런다고 내가 월급 더 못 주는데?"라고 하니 "아휴, 무슨 말씀이세요. 제가 좋아서 하는 건데요." 그러는 거다. 말을 해도 그렇게 예쁘게 했다.

아니나 다를까. 정직원이 되고 나니까 더 열심히 했다. 성실하고 정확하고, 뭐든 배우려고 했다. 나중에는 내 식당 세 개에서 빈이가 동시에 매니저를 했다. 열심히 하니까 손님도 많고 장사도 잘됐다. 세월이 흘러서, 우리 누나 건물에서 내가 하던 아주 예쁜 태국 식당이 있었다. 그걸 처분하려고 하는데 누나가 그랬다.

"석천아, 이거 빈이 주면 어때?"

나도 내심 걔한테 물려줄까 생각하고 있었다. 사람 마음은 다 똑같은 법이다. 그래서 "누나, 그래도 되겠어?" 했다. 그 가게 인테리어 비용만 1억 4000만 원이 들었다. 하지만 그 애한테 고마운 마음이 더 컸다.

어느 날 그 애를 불러서 말했다. "빈아, 너 이 식당 맡아서 할래?" 처음엔 믿지 못하는 눈치였다. 그런데 계속 지켜봐도 생각한 것과 달리 좋아하지 않았다. 왜 그러냐고 물었더니 "사장님, 제가 이거 인수할 만큼 돈이 없습니다"라고 했다. 그래서 "너 얼마 있는데?" 하니까 "한 3000만 원 있습니다"라고 했다. 누나한테 얘기했다. "누나 빈이가 3000만 원밖에 없다는데 권리금 그것만 받아." 누나도 OK 했다. 그런데 애가 이태원의 그 가게 말고도 압구정에 또 식당 열었다. 그러고는 너무 잘하는 거다. 하나를 보면 열을 안다.

사람들은 나보고 너무 인정에 끌려서 일한다고 한다. 맞다. 그런데 재밌는 게 있다. 직원일 때 조금 게으르던 사람도 나가서 자기가 사장이 되면 너무 잘한다. 직원일 때는 자기 일이 아니면 안 하더니, 사장이 되면 자기가 홀 보고 서빙하고 계산하고 다 한다. 주방장은 꼭 필요하니까 그건 자기가 못 하지만.

사장이 되면 자세가 달라진다. 인테리어에 신경도 안 쓰다가 갑자기 꽃 시장에 가서 꽃을 사 오고 꾸미기 시작한다. 진짜 대박이다. 사람이란 게 '내 거'를 갖고 나면 완전히 달라진다. 내가 사장일 때 한 식당에 직원 여섯 명을 뒀더니 남는 게 없었다. 그런데 그걸 물려주니까 두 명이 충분히 감당해서 돈이 월 2000만 원씩 남았다. 적자에서 흑자가 된 거다. 사람이란 게 참 신기하다.

친구여, 날 떠나지 마오

OH SAYS

누구에게나 친구란 단어는 예쁘다. 친구란 혈육을 떠난 자기 느낌을 수평적으로 공유하는 존재다. 파리에 처음 갔을 때 패션협회 통신원 등을 하면서 돈도 벌고 코디네이팅도 했다. 그러면서 패션계에서 하나둘 친구를 사귀었다. 프랑스에는 지금도 자주 연락하는 좋은 친구가 있다. 어려울 때 기쁠 때 제일 먼저 소식을 전하는 친구, 의지하는 친구다. 그런 친구는 한 사람만 있어도 된다. 언어와 문화를 떠나서 그는 내 보배다.

정치적으로 외로울 때도 그걸 표현할 수 있는 대상자가 있다는 건 큰 기쁨이다. 내가 심지SHIMJI라는 멀티브랜드 숍을 시작한 이유 중 하나는 내 친구들이 그곳에서 마음에 드는 브랜드를 찾는 모습을 꿈꾸었기 때문이다. 출장 오는 친구들과 바이어들이 내 고객이 되어주길 바랐다. 나름 패션계에서 앞서가는 실험실 역할을 하고 싶었다. 하지만 패션계는 자본주의의 첨예한 모순이 존재하는 곳이다. 가장 좋은 동지는 가장 무서운 적이 될 수 있는데, 그가 프로라면 더욱 그렇다.

서울에 고교 동창이 있다. 그 친구 때문에 고향에서 살고 싶어지기도 한다. 친구 따라 강남 간다고 하지 않는가. 3년 전, 그와 섬 여행을 같이 갔다. "너랑 나랑 오래 만났는데 아직 서로의 비밀을 모르는 거 같다. 오늘 한번 털어놔보자" 했다. 사람마다 비밀의 정원이 있다. 그날 산으로 트레킹을 가면서 내 비밀을 이야기했고, 그 친구도 내게 은밀한 이야기를 털어놨다. 가족과 아내에 대한 이야기, 정말 내밀한 이야기였다. 타인의 오해와 비난 같은 것에 대해서는 "네가 좋다면 무슨 상관

이냐"며 서로를 위로했다.

어른이 되면 부모 형제를 떠나야 한다. 가족을 떠나서 새롭게 의지할 사람이 필요한데, 그게 친구인 것 같다. 그날 그 친구에게 "세월이 지나도 제발 날 떠나지 마라"라고 했다. 진담 반 농담 반이었지만, 진담 쪽으로 더 기울어진 말이었다.

초등학교 때 담임 선생님이 사람은 세 번 태어난다고 하셨다. 아기로 태어나고, 사랑하면서 다시 태어나고, 뭔가를 깨달으면서 또 태어난다는 거다. 나는 생물학적으로 어머님 배 속에서 처음 태어났고, 고향 정읍에서 서울로 이주하면서 두 번째로 태어났다. 모든 게 새롭고 신기했다. 맨 처음 구경 간 곳이 어린이대공원이었다. 왜 그곳을 선택했는지는 지금도 기억나지 않는다. 아마도 정읍에 없는 동물원을 보러 갔던 것 같다. 마지막으로 나는 프랑스 파리에 도착하면서 세 번째 탄생을 경험했다. 이 세 번의 완벽히 다른 환경과 경험은 나에게 짜릿한 흥분을 주었다.

6. 친구냐 돈이냐

친구와의 관계에서 주의해야 할 것 중 하나가 돈거래다. 돈거래로 관계가 소원해지는 경우를 많이 봐왔다. 돈이 급하다는 친구에게 빌려줘야 할까, 말아야 할까?

홍
———

정수 씨는 성공이 뭐라고 생각해? 답을 찾았어?

윤
———

아직도 못 찾았어요. 답을 구하려고 했는데 좀 더 살아보고 나고 찾는 게 나을 거 같아. 지금까지, 50살의 윤정수가 생각하는 성공은 '내가 좋아하는 후배나 자식에게 내가 올바르다고 생각하는 모든 노하우를 물려주는 것. 가르쳐주는 것. 무술 고수가 비법을 전수하는 것처럼'. 이걸 나는 성공이라고 생각해요.

오
———

멋지다. 옛말에 군자삼락 중 하나가 '제자를 잘 기르는 것'이라던데, 정수 씨 입에서 이런 말이 나오다니…….

윤
———

그리고 돈은 독입니다.

오
———

많이 모았어?

윤
———

많이 못 모았습니다. 전세금 정도.

홍
———

어디?

윤
———

음…… 강북. (웃음) 차이가 좀 있으니까…… 강북 중에서도 한강과 가까운 정도.

오

많이 모았네. 성공을 위한 노력으로 뭐 따로 하는 거 있
어?

윤

내 오류를 잡아내려고 노력하고 있어요. 내가 겪었던
것 중 부족한 걸 고치자 마음먹고 있지.

오

그게 뭔데?

윤

보증.

오

미치겠다. 그리스 철학자 말이 생각난다. "보증, 그 곁
에 재앙."

윤

와, 그게 내 말이야! 그게 내 말이라고! 진작 좀 알려
주지.

오

책에 있어. 그러니까 책을 읽어.

윤

진짜 이제부터 책 좀 읽어야겠네. 보증 그 곁에 재앙!
내가 아이 낳으면 우리 집 가훈으로 삼는다.

홍

ㅎㅎㅎ.

윤

사실 어머니도 비슷한 실수를 하셨어. 그런데 나한테
그런 실수를 하지 말라고 가르쳐주신 적이 없어. 내가
자식을 낳는다면 그런 오류를 범하지 않게 하겠어. 정
말 진진하게 말하는 거야. 그걸 다시 겪는다니 생각만
해도 끔찍해. 어머니가 두 번째 결혼할 분에게 내 대학
등록금까지 가진 걸 모조리 투자했잖아.

오

나도 비슷한 경험을 했어. 30년 우정이 돈 1000만 원
때문에 날아가는……

홍

그런 경우엔 안 만나는 게 나아.

오

그래도 너무 슬퍼.

윤

이 형은 너무 로맨티스트야.

오

나는 어떤 아줌마한테 돈을 빌려줬는데, 차라리 친구
한테 돈을 꿔줄 걸 그랬어. 그 아줌마는 나랑 아주 친한
사이도 아니었거든.

윤

아주 친한 사이도 아닌데 왜 돈을 꿔줘?

오

그 아줌마를 소개해준 사람이 아주 친한 분이거든.

윤

참 나.

홍

어떤 사람은 돈을 꿔주지도 않고 꾸지도 않더라.

윤

그게 가능해?

홍

내 선배 이야기인데, 아버지가 "누가 네 귀를 솔깃하게
하면 그 자리를 떠라" 그랬대. 뭐 조금만 투자하면 돈

을 몇 배 번다, 혹은 돈 좀 꿔주면 불려준다 이런 말은
절대 믿지 말라고 했다는 거야.

윤
———

난 그게 안 돼. 신기하네. "솔깃한 말에 넘어가면 안
돼. 너 이 자식, 당장 떠." 그럼 "네!" 하고 일어난다고?
(웃음)

오
———

그럴 수 있어?

윤
———

어려운 일이야.

윤
———

난 진짜 많이 당했어. 2000, 1000, 2000……. 그러고
도 또 당했지.

오
———

왜?

윤
———

1000만 원 꿔준 친구가 안 갚아. 그런데 어머니 상을
당했을 때 그 친구가 장례식장에 왔어. '저 친구가 참
고마우니 잘해줘야겠다'는 마음이 들더라고. 10만 원

조의금 내놓고 1500만 원을 해먹었어, 그 자식이. 그러
고는 연락 끊겼어.

오

정수 씨도 문제야.

윤

그래서 이제는 돈 얘기 하면 끊어. 전화도, 인간관계도.
(웃음)

홍

난 이렇게 생각해. 누가 나한테 뭐가 좋다고 투자하라
고 한다. 그러면 얼마나 필요하냐고 물어. 3000만 원이
래. 그래, 여기 있어. 해봐. 그런데 날렸어. 알고 보니까
그게 살짝 사기성 있는 투자였던 거야. 그럼 난 '와, 이
자식 나한테 이렇게 사기를 치다니. 이 새끼, 진짜 바보
다. 나는 그 이상인데. 난 너한테 한 1억 원쯤 줄 수도
있는데. 겨우 내가 3000만 원 먹고 떨어질 상대였냐?
잘됐네. 7000만 원 벌었네.' 이렇게 생각해.

윤

이 형도 참 대단한 양반이야. 난 그동안 책을 출판하자
고 하는 데가 많았거든. 그런데 계약금도 못 받은 적이

많아.

오

―――――

말도 안 돼. 그런 출판사가 어디 있어?

윤

―――――

그냥 "인세는 좋은 데 쓸게요" 해서 그런 줄 알았지.

홍

―――――

너무 착해.

윤

―――――

그런데 형은 무례한 거 용납 못 하는 성격이지?

오

―――――

그런 건 못 참지.

윤

―――――

그런 거 같아. 잘 생각해봐. 1000만 원 꿔간 분이 무례
하게는 안 했지?

오

―――――

예의 바르게 행동했다니까. 안 그랬으면 왜 1000만 원
을 꿔줬겠어.

윤

―――――

그러니까. 나 같으면 "네, 제가 자가격리 중이라 돈도

자가격리입니다" 했을 거야. (웃음)

홍

하하하.

오

그런데 가만 보면 정수 씨야말로 기본이 돼 있어. 인간성. 인성이라고도 하지. 인간을 믿는 거야. 말로는 돈이 먼저라고 하지만, 그래서 연민이 생기고 또 꿔주고 하는 거야.

윤

몰라. 어쨌든 힘들어.

홍

정수야, 앞으로는 300으로 리미트를 정하자.

윤

오, 그 생각을 못 했네. 오케이.

오

200만~300만 원이 딱 적당해. 그 이상은 투자 아니면 사기야.

윤

좋아. 좋아. 그런데 참 이상한 게, 돈 빌리러 오는 애들은 되게 예의 바르거든.

윤

원래 사기꾼들은 부지런해. 가족들은 돈 이야기 안 해. 나를 아끼는 사람은 돈 이야기 꺼내지 않아.

윤

하여간 난 앞으로 돈 꿔달라고 하면 그럴 거야. 전화해서 "야, 이 자식아, 전화 끊어." (웃음) 그럼 알아서 물러나겠지. 참, 내가 아무리 어려워도 앞으로 형들한테는 돈 얘기 안 꺼낼게. 한 번 했던 사람한테 꺼내지. (웃음) 난 그걸 예의라고 생각해. 내가 이런 자리에서 까불면 까불었지, 돈 이야기는 안 꺼내.

윤

알았어.

윤

어휴, 뜯어간 놈 또 생각나네.

홍

그런 게 있어. 한 사람한테 뜯어간 놈이 또 뜯어가.

윤

내가 보니까 돈 뜯어가고 안 갚는 사람들에게는 알고

리즘이 있어. 10년을 힘들어봤기 때문에 잘 알아. 자, 봐. 나한테 2700만 원 꿔간 놈이 하는 패턴이야. 주말에 내가 전화한다. "돈 언제 됩니까?" 그럼 그치는 아주 정중하게 대응해. "정수 씨, 죄송합니다. 제가 월요일 오후에 드리겠습니다." 월요일에 당연히 돈 안 들어와. 내가 화요일에 전화한다. 그럼 딱 받아. "아, 정수 씨, 제가 전화 드릴게요." 전화 안 한다. 수요일에는 아예 전화를 안 받아. 그런데 목요일엔 자기가 먼저 문자 준다. 그러면서 "이번 주말에는 해결될 것 같습니다" 그래. 그럼 우리는 프리랜서니까 '주말' 하면 일요일까지 생각하잖아. 일요일? 입금 안 됐어. 월요일에 전화하잖아. 그럼 "아, 정수 씨. 지난 주말 저희 회사에 문제가 터져서요. 내일 전화 드릴게요." 화요일, 수요일은 아예 연락이 안 돼. 목요일에 수십 번 전화하면 딱한 번 받아. "정수 씨, 다음 주 월요일에는 될 것 같습니다." 이렇게 주말을 넘겨. 이게 무한반복되는 거야.

오
_____

와, 듣기만 해도 지겹다.

윤

이런 걸 10년 겪었어. 여기에도 알고리즘이 적용된다
니까. 이제 알겠어.

홍

그런 사람이 또 돈은 있어.

윤

당연하지. 그 사람은 돈도 있고 부동산도 있어.

오

진짜 사기꾼이다.

윤

머리가 좋아. 우린 그쪽으로 머릴 안 쓰거든.

홍

이제 속지 말고 살자.

돈아 돈아 돈아

보증을 잘못 서서 10억 원에 가까운 돈을 까먹었다. 그런데 보증 선 것도 따지고 보면 다 내 욕심이다. 이제 더 이상 합리적인 척 변명하지 않겠다. 욕심이 없는데 어떻게 보증을 서는가. 돈을 벌려고 했지만 벌어지지 않았고, 보증을 서야 변제받을 수 있다고 하니 그렇게 했는데 변제를 못 받은 거다. 거기서 무너지기 시작했다. 그때 내가 보증을 서준 친구는 감옥에 갔다. 그런데 그 친구가 요즘에도 뉴스에 나온다. 요즘 화제가 된

모 자산운용 사태에도 연루되었더라. 만약 그때 내가 잘됐으면 아마도 지금쯤 나도 뉴스에 나왔겠지. (웃음)

새옹지마라는 생각도 든다. 일이라면 가리지 않고 다하는 편이다. 그런데 후배들이 내게 너무 싸게 다닌다고 잔소리한 적이 있다. 어려울 때는 적게 줘도 행사에 갔다. 결혼식, 돌잔치 사회를 보고 몇십만 원도 받아봤다. 후배들 소리를 듣고 부끄러웠다. 그러다 보니 "정수가 내 후배니까 더 줘야지" 하는 사람도 있고, "지인이니까 싸게 해줘" 하는 사람도 있었다. 내 생각은 이렇다. 지인이라면 더 줘야 한다. 지인이라고 적게 주면 더 이상 지인이 아니다. 지인이면 필요한 걸 줘야 한다. 필요한 걸 주는 사람이 정말 고마운 사람이다. 돈이 필요하면 돈을 줘야 한다. 지금도 누가 무슨 일을 부탁하면 나는 다른 사람보다 더 주려고 노력한다.

누군가는 나보고 상대에 대한 배려심이 많다고 하는데, 이건 DNA인 것 같다. 남이 그렇게 해줘서 감동받았던 적이 있다. 누가 도움을 주는가? 난 도움이란 것에 민감한 편이다. 사람 이야기인가, 돈 이야기인가. 사실 돈 주는 게 진짜 도움 주는 거다. 사랑은 다르다. 실연 당해서 마음이 아프면 이야기를 들어주면 된다. 하지만 그 외에는 거의 돈 문제다. 돈이 필요하면 돈을 주면 되고, 마음이 아프면 얘기를 들어주면 된다.

금전적인 면에서 혼자 모든 걸 다 해왔다. 내가 누군가를 도와준 적은 있지만, 누군가 나를 도와준 적은 드물다. 아니, 없는 것 같다. 도움 받은 건, 용돈 받은 건 스무 살 이전에 외할머니뿐이다. 성인이 되어 집을 나올 때도 수중에 수십만 원밖에 없었다. 돈에 대한 아픔이 많지만 잘 극복했다. 나는 자수성가 기질이 있다. 사회생활을 하면서 곧 돈을 벌기 시작했고, 망하기도 했다. 그때 리셋하고 또 벌고 리셋하고 그랬다.

레스토랑 같은 사업을 하다가 실패한 뒤에는 방송만 열심히 했다. 남이 하는 일에 몇백만 원 소소히 투자해본 적은 있다. 내 친구가 하도 잘난 척하기에 500만 원 줘본 적 있는데, 금방 망했다. 주식은 안 한다. 부동산은 할 수도 있으나 그다지 흥미는 없다. 석천이 형처럼

식당이나 맛있는 거 파는 것, 장사는 해볼 수 있을 것
같다. 그때는 석천이 형을 사부로 삼아야겠지.

내 돈이 내 돈이 아니야

HONG SAYS

내가 제일 잘나갈 때 연매출 70억~80억 원이었는데, 그것도 다 의미가 없다. 이득 남는 거 세 군데 정도. 나머지는 다 손해였다. 직원만 200명이었다. 그 월급을 생각해보라. 직원들 월급 밀리지 않으려고 홈쇼핑 열심히 했다. 일주일에 하나는 기본이고 들어오는 것마다 다 했다. 행사도 하고, MC도 하고, 강연도 하고…….

남들은 내가 엄청 벌었다고 생각하는데, 결코 그렇

지 않다. 어느 날 내가 우리 회사 재정 담당 이사에게 물었다. "나 돈 얼마나 벌어요?" 하고. 이사님이 그러더라. "홍석천 대표님 개인 수입은 연 10억 원 정도 돼요." "그런데 왜 내 통장에는 돈이 하나도 없어요?" 했다. "직원들 월급으로 다 나가요" 하더라. "그럼 내가 언제까지 몸 팔 수도 없고, 나도 늙어갈 텐데 어떻게 해야 합니까?"라고 물으니 "가게를 줄이면 재벌이 될 겁니다" 하는 거다. '그럼 가게를 정리해야겠다'고 생각하는데, 여기서 착한 사람 콤플렉스가 발동했다. 내가 데리고 있는 이들은 어떻게 해야 하나. 정리할 수 없었다.

그러다 계기가 있었다. 2018년 12월 중순에 태국 여행을 갔는데 음식을 잘못 먹어서 설사병에 걸렸다. 거기서 지사제를 먹었다. 약을 먹었는데 계속 열이 올랐다. 태국 병원에서도 해열제와 지사제를 줘서 계속 먹었다. 3박 4일 동안. 한국에 와서 방송하고 장사하고 행사하는데 화장실을 못 갔다. 변비가 됐다. 3~4일 동안 변이 안 나왔다. 어느 날 화장실에서 억지로 변을 봤는데 돌덩이 같은 게 나오고 너무 아팠다. 혈변도 나왔다. 괜찮다 싶었는데 안에서 곪기 시작했던 거다.

며칠 뒤 엉덩이에 종기가 나서 소염진통제를 먹었다. 12월 30일 가게에서 열이 나기 시작해서 39도까지 올랐다. 도저히 참을 수 없어서 본부장 하던 사촌 동생이랑 순천향병원에 갔다. 연말이라 의사도 없고 응급실에는 환자가 가득했다. 침대가 없으니 밖에서 기다리라고 했다. 동생이 응급실 체크하고, 난 차 안에서 한 시간 이상 기다렸다. 내 파카하고 동생 파카까지 껴입고 차 안에서 난리를 쳤다. 열이 잔뜩 오르는데, 몸은 아파서 소리를 질러댔다. 동생이 보더니 깜짝 놀라서 끌고 들어갔다. 옆에 앉아서 덜덜 떨고 있으니까 의사가 왔다. 보더니 또 해열제만 놓았다.

안 되겠다 싶어서 아는 의사에게 연락했다. 퇴근하다 말고 차를 돌려 와서 보더니, 보자마자 수술 준비를 하더라. "이렇게 아픈데 왜 이제 왔냐"고 물었다. 그 즉시 척수 마취하고는 수술을 했다. 수술을 마치고 수액, 염증 주사 맞고 누워 있었다. 의사가 오더니 말하는 거다. "이제 괜찮지? 내가 잘돼서 얘기하는 거야. 내일 왔으면 석천 씨 죽었어. 패혈증이었어요. 바이러스가 몸으로 퍼진 걸 다 긁어냈어." 고름을 다 긁어내고 살아

났다. 1월 4일까지 입원해 있었다. 그때, 생각했다. '낼모레면 50인데 어떻게 살아야 할까.'

연말이 되면 난 계획을 세운다. 그땐 그런 생각이 들었다. '계획은 개뿔. 일단 건강하게 살아야겠다. 스트레스 받는 거 줄여야겠다.' 그렇게 결심하고 그때부터 가게를 줄였다. 직원들에게도 이야기했다. "내가 이렇게는 도저히 못 하겠다. 여러분에게 약속한 게 있긴 한데 나도 더 이상 여러분을 챙길 수 없으니 떠날 수 있으면 떠나라." 그렇게 정리해 나갔다. 사람들은 나에게 "이태원에서 망했어요?" 하는데 망한 게 아니다. 잘 정리한 거다.

번 돈을 주머니에 넣지 않는다

파리 패션계에서 30년 동안 일하면서 "돈 많이 벌었느냐?"는 질문을 받을 때마다 난 이렇게 답한다. "눈으로 돈을 벌었다"고. 많이 돌아다니고 많이 보고 많이 먹었다. 은행에 돈 쌓아놓은 건 많지 않다. 하지만 지금 일하면서 그간의 경험이 굉장히 도움이 된다. 내가 좋아하는 건 이런 거다. 입을 수 없는데 비싼 옷. 패션 꼭짓점인 최상층에 있는 옷. 아방가르드한 것. 하이엔드에 있는 것.

하이엔드에 있는 옷을 좋아하는 사람들은 리더다. 20년 동안 쇼룸을 운영하면서 나는 최고의 바이어들을 알고 지내왔다. 서울 패션위크 등에서 내게 쇼룸 컨설팅을 의뢰하곤 하는데, 그때마다 최소 6~7개 나라에서 VIP 바이어를 초청하곤 한다. 쇼룸 자체로는 돈이 안 된다. 그래서 컨설팅하면서 돈을 번다. 브로커 역할도 하고. 지금은 남성 화장품에 전념하고 있는데 K뷰티 열풍을 따라서 유럽에 수출할 생각이다.

20년이 넘게 하이엔드 디자이너들의 세일즈 쇼룸을 운영하면서 많은 바이어들을 만났다. 쇼룸은 디자이너들을 대신해서 그들의 컬렉션을 바이어에게 대신 판매해주는 일종의 에이전시 개념이라고 생각하면 된다. 바이어들은 디자이너 한 사람 한 사람의 옷을 보고 구매하러 온다. 쇼룸 로메오에는 일종의 스타일, 즉 취향이 있다. 그 스타일을 만들고 인정받는 것이 성공의 관건이다.

다행히 여러 나라에서 정부가 운영하는 패션위크 컨설팅을 맡으면서 해외 바이어나 기자들을 초청하는 일을 했다. 많게는 90여 명의 바이어와 언론 관계자를 초청해 행사를 진행하기도 했다. 이런 이벤트는 세계 정상급 패션 전문가들이 모여 벌이는 페스티벌이라고 생각해도 된다.

돈이 전부가 아니라고 말하면 거짓말이다. 불행하게도 사람은 돈으로 말한다. 말뿐인 거 좋아하지 않는다. 내게 돈 아끼는 사람은 내 사람이 아닌 거다. 누군가는 "돈을 사랑하지 않아서 돈을 못 모은다"고 하는데, 배고파보지 않아서 돈을 모으지 못하는 거다. 나는 '일하면 먹고 일 안 하면 죽는다'는 생각을 늘 갖고 있다.

프리랜서로서 먼저 내 가치를 책정하고 일하는 편이다. 내 몸값에는 자존심이 들어가 있다. 자만심이라고 해도 좋다. 한때 유럽에서 사업하려면 한국 여권보다 일본 여권이 유리했던 적이 있었다. 그때 후배들에게 이야기했다. "나라를 믿지 말고 너 자신을 믿어라." 부모도 믿지 마라. 자기 자신을 믿어라. 내 자신감과 성공 뒤에는 노력과 눈물과 우울증이 있다.

7. 남자가 눈물 흘릴 때

중년이 되면 남성 호르몬이 줄어들면서 남자는 눈물이 많아진다. 드라마나 영화를 보다가, 음악을 듣다가, 혹은 책을 읽다가 예전 같으면 별것 아닌 장면에서도 코끝이 찡해진다. 어떤 때는 넋 놓고 그냥 가만히 있는데 눈물이 나오기도 한다. 하지만 마음 한구석에 여전히 자리 잡고 있는 눈물에 대한 금기 의식 때문에 흐르는 눈물을 받아들이기가 쉽지 않다.

홍
___

요즘 난 이상하게 눈물이 나. 갱년기인가?

오
___

나도 그래.

홍
___

난 원래 눈물이 많았어. 커밍아웃하고 제일 많이 울었던 것 같아. 너무 힘들어서 죽어라 눈물 흘렸어. 그러다 '내가 울면 안 되겠다. 무시당하지 않으려면, 자신감을 잃지 않으려면 참아야겠다'고 생각했어.

윤
___

사람들은 그렇게 생각해. '쟤 또 우네? 뭐 또 돈 떨어졌나? 눈물 마케팅 하네' 그렇게 생각하지.

홍
___

나는 슬픈 스토리가 많아.

윤
___

형 그거 알아? 형 데뷔 때 내가 처음 인터뷰했어.

홍
___

그랬어? (잠시 후) 맞다. 너랑 인터뷰한 게 방송 처음 나갔지?

윤

그렇다니까.

오

정수 씨가 머리 올려줬네.

홍

야, 고맙다. 하여튼 나 진짜 〈힐링캠프〉 같은 데 나가서 많이 울었어.

오

그렇게 눈물이 났어?

홍

아니, 방송국에서 요구하는 거 같았어. 그러면 시청률이 높아지니까. 내가 어느 포인트에서 울어야 시청자들이 좋아하는지 알았거든. 눈물 한 방울에 1%씩 올라가는 거야. 신나게 울었지.

윤

웃기면서 돈 벌고, 울리면서 돈 벌고……. (웃음)

홍

그런데 40대 중반부터는 TV에 나와서 안 울었어. 내 슬픔을 팔고 싶지 않았어.

오
———
이해된다.

홍
———
그 대신 혼자 있을 때 울었지. 40대 후반부터는 별거 아닌 일에도 그렇게 서럽더라고. 매니저들이 뭐라 하면 그렇게 슬퍼. 요즘에는 TV만 보면 슬퍼져서 질질 짜고 그래. 난 〈싱 어게인〉을 봐도 눈물이 나. 그 무명 가수들 나와서 노래하는 거 보면 아휴~ (눈시울이 붉어진다)

오
———
그래도 석천 씨는 유명하잖아. 그런데 왜?

홍
———
감정이입이 돼요. 어려웠을 때가 막 생각나거든. 수도 없이 도전했던 시기. 탤런트 시험에 도전했지, 개그맨 시험 쳤지, 방송 작가 시험 쳤지……. 난 자신 있었고 끼도 있다고 생각했어. 잘할 수 있다고. 방송에만 나가면 진짜 잘할 거라고 생각했거든. 나 스스로 무한한 가능성을 지녔다고 여겼어. 그런데 진짜 방송 잘하는 사람들하고 같이하면서 거기 묻혀갔더니 난 아무것도 아

니더라고

윤

형······.

홍

아 씨, 몰라. 이 무명 가수들의 전쟁을 봐. 각각 다 잘하는데 누군 붙고 누군 떨어져. 선택 못 받는 사람의 흔들리는 눈빛을 봐. 난 그게 보여. 겉으로는 웃으면서, "출연하게 되어 영광입니다"라면서 자기 이름도 안 내놓고 가는 거야. 그들의 뒷모습을 보면 난 진짜 눈물 나. 저 사람들은 또 도전하겠지. 그런데 용기가 날까? 그럼 또 좌절하겠지. 이런 생각이 날 눈물 나게 해.

오

거기다 한참 후배들이 심사위원을 하니까.

윤

그건 그럴 수도 있다고 봐. 트렌드가 있으니까. 뭐 힙합은 50대가 출전하고 20대가 심사할 수도 있지.

홍

어쨌든 그들을 감동시켜야 돼. 그 포인트를 잡아야 해. 떨어지는 사람들은 그 포인트를 못 찾은 거야.

오

그 포인트가 뭘까?

윤

일단 노래를 잘해야 하고…….

홍

그건 기본이야. 오디션 프로그램을 보면서 '저렇게 노래하면 통과 못 하는데' 하는 생각을 많이 해. 왜냐하면 이제 알 것 같거든. 방송을 한 20년 해보니까 심사위원들이 감동하는 포인트를 알겠어. 그런데 심사위원들이 원하는 게 바로 대중이 원하는 거거든.

윤

그러니까 그게 뭐냐고?

홍

일단 새로워야 해. 똑같이 〈누구 없소〉를 불러도 한 번도 들어보지 못한 노래를 해야지. 심사위원들이 뭐라고 해? 임재범 노래 임재범처럼 부르지 말고, 이소라 노래 이소라처럼 부르지 말라고 하잖아. 내가 한다면 임재범 노래를 홍석천 것으로 만들어서 불러야지. 일단 내 안에 인풋Input하고 완벽하게 소화해서 내 스타일로 아웃풋^{Output}해야 돼. 실력 있고 참신하면 반 이상은 먹고 들어가.

오
———

맞는 말이야. 패션도 그래. 일단 못 봤던 거. 어디서 본 듯한 그런 거 아니고 '와, 새롭다. 오리지널이다' 이러면 사람들의 눈길을 끌게 되는 거지.

윤
———

내게 윤정수 스타일이 있을까?

오
———

정수 씨는 있지.

윤
———

뭔데?

오
———

무 카리스마.

윤
———

무 카리스마?

오
———

카리스마 없는 게 특징이야. 단점일 수도 있지만, 정수 씨는 누구의 말도 들어줄 거 같고 스펀지처럼 흡수할 것 같은 그런 면이 있어. 그게 정수 씨만의 스타일인 거 같아.

윤

칭찬인지 욕인지 모르겠네. (웃음)

카리스마가 없다고?

YOON SAYS

여의도에 내가 자주 가는 돈가스집이 있다. 점심 먹으러 가면 아주머니가 라디오를 틀어놓고 계신다. 계산하면서 "이모, 나 조금 있다 4시에 라디오 하는데 주파수 89.1로 맞춰줘요" 하고 나온다. 길거리를 가다가 알은척 하는 사람 하나도 소홀히 대하지 않는다. 그분들 하나하나가 모여서 내 팬이 된다. 내가 물건이라면 그분들은 소비자다. 다행스럽게도 내가 서민적(?)으로 생겨서 그런지 거리에서 스스럼없이 다가오는 분들이 많다.

누군가 나보고 그러더라. TV에서 봤던 이미지보다 훨씬 괜찮은 사람이라고. 사람들이 생각하는 게 70 정도라면, 실제의 난 90, 최소한 80은 되는 거지. 그러니까 10~20점은 늘 손해 보고 사는 셈이다. 왜 그럴까 하고 곰곰이 생각해봤다. 부모가 없다시피 살았던 게 결정적인 원인이 된 것 같다. 날 발견하는 사람이 없다는 것. 나 자신을 보는 게 힘들다. 남이, 누군가가 날 봐줘야 한다. 물론 부모가 없어도 잘 살 수 있다. 하지만 인생의 어느 한 시기에 오롯이 나만을 위해주는 사람이 없었다는 건 꽤 치명적이다.

김숙과 호흡을 맞춰 프로그램을 진행하면서 오랜만에 인기를 얻었다. 나는 김숙을 위해 최선을 다했다. 김숙도 나를 위해 최선을 다했고. 난 김숙을 김숙답게 잘 만들어줄 자신이 있었다. 그러나 그 이후 나, 윤정수를 윤정수답게 만들어줄 사람이 없었다. 나도 나 자신을 찾지 못했고. 그 때문에 결국 4년 뒤 김숙은 연예대상을 탔고, 난 아직 그 위치에 오르지 못한 거다. 나는 아직 가능성이 있다고 믿고 싶다. 상은 중요하지 않다. 상은 만인의 기준이 아니고 어느 한 단체의 기준이다. 다만 올해는 김숙, 이윤석, 정선희 등 내 또래들이 상을 많이 타서 조금 이상한 자극제가 됐다. 단지 같이 프로그램을 진행한 후배 남창희에게 한 번쯤 상을 안겨주고 싶은 마음은 있다. 조금 미안하다.

누군가 나의 장단점과 특징을 잘 이야기해주길 바란다. 난 내가 잘 보이지 않으니. 나를 알아봐주는 사람이 없다는 것, 내가 잘하는 걸 발견해주는 사람이 없다는 게 진짜 슬프다. 〈천생연분〉 할 때 느낀 거다. 인연이란 건 수많은 사람 중에 하나를 찾는 일이다. 일도 그렇다. 사람들은 나한테 감초라고 하는데, 그나마 잘 버티면서 지금까지 온 것 같다.

내가 방송에서 진짜 잘할 수 있는 게 뭔지 아직 모르겠다. MC 모습으로 이미지를 구축하지도 못했다. 최근 트로트 프로그램을 진행했는데 이상했다. 스스로 생각해도 왠지 무게가 없었다. 돈으로 치면 내용은 1금융권인데 남들이 보기엔 2금융권이나 사채인 거다.

라디오를 진행할 때 누가 편의점에서 알바하고 있는

데 할머니가 쓰레기를 버린다고 사연을 보내왔다. 내가 그랬다. "이런 게 대한민국의 문제다. 어른이 잘못했을 때 어른에게 어떻게 화를 내야 하는지 가르쳐주는 교과서가 없다. 대한민국에도 그런 게 있어야 할 것 같다. 내 아이에게 어른도 잘못할 수 있다는 것, 어른의 잘못도 지적해야 한다는 것을 가르쳐야 한다. 이런 애매한 동방예의지국이 문제다"라고 했더니 반응이 너무 좋았다.

나보고 다들 말을 잘 못한다고 하는데, 어떤 사람은 꽤 좋아한다. 원석이라면서. 난 생각한다. '실력을 갖췄더라도 안정감이 있어야 해. 보는 사람이 불안해하면 안 되지. 유튜브도 아니고.' 방송에는 방송에 맞는 언어가 있다. 노래로 치면 혼자서 편곡까지 하는 건 어렵다. 작곡 편곡 다 하는 사람은 되게 뛰어난 거다. 원래 영화감독도 편집은 못 한다. 혼자 다 하려는 건 욕심이다.

지금 진행하는 라디오 프로그램에서 마이크를 잡고

현장으로 나가는 코너가 있다. '주파수 원정대'라고. 내 인스타에도 올린다. 다른 분들이 잘 못하는 부분일 수도 있는데, 내가 생각해도 난 시민하고 대화를 잘하는 것 같다. 주옥같은 멘트를 잘 뽑아낸다. 일례로 이런 적이 있다. 내가 물었다. "유재석과 윤정수 중에 누구한테 더 관심이 가요?" 시민이 답했다. "둘 다 관심 없는데요." 이때 남창희가 웃었다. 그래서 내가 물었지. "남창희 씨한테 관심 있어요?" 시민이 말했다. "누군지 몰라요." 여기서 빵 터졌다. 대본 없이 한 거다. 나는 즉흥적인 것에 좀 강하다. 이렇게 진행할 수 있는 사람, 대한민국에 몇 없다고 본다. 나도 언젠가는 내 시대가 오리라고 본다.

작년 연말에 길을 지나가고 있는데 어떤 분이 "올해 연예대상 탔어요?"라고 물었다. 나는 "못 탔어요. 감사합니다"라고 대답했다. 이상하게 내게는 시민들이 쉽게 다가와서 말을 많이 건다. 그분들하고 말을 하다 보면 끝이 없다. 어렵게 살아와서 통하는 게 있는 것 같다. 한편으로는 '내가 그들의 삶을 바꿔줄 수도 없으면서 애꿎은 희망만 주는 거 아닌가' 하는 생각도 든다. 하지만 최선을 다해서 거리에서든 식당에서든 내게 말을 걸어오는 분에게는 누구든 친절하게 대할 생각이다. 친절이 내 카리스마다.

8. 눈물이 실천이 될 때

"초연결 사회 Hyper-Connected Society"라는 것은 사이버 세상에만 존재하는 게 아니다. 오늘날 우리는 혼자만의 힘으로는 안전하고 행복할 수 없는 세상이라는 것을 알고, 주변을 둘러보고 내가 할 수 있는 일을 찾아보는 깨달음을 얻어야 한다.

윤
‒‒‒‒‒

난 이럴 때 눈물이 나더라. 어떤 사람이 기특할 때. 나이에 맞지 않은 기특함을 보일 때.

홍
———

나 같은? (웃음)

윤
———

왜 그 소년소녀가장 보면 말이야. 다섯 살인데 세 살짜
리 동생 돌보는 거.

오
———

어휴.

홍
———

벌써 눈물 나, 난.

윤
———

그 다섯 살짜리가 동생한테 그러는 거야. "엄마 힘들게
하면 안 돼." 이런 거 보면 '쟤를 어떻게 도와야 하나'
뭐 그런 생각만 들어. 그런데 돈 주는 것도 잘 줘야 하
거든.

오
———

정수 씨는 엄마 이야기를 많이 하는 거 같아.

윤
———

난 엄마 생각을 많이 하거든.

홍

나도 어려운 애들을 도와주고 있어. 방송에서 고작 다섯 살, 여섯 살인데 힘들게 사는 애들 보면 개인적으로 도와주고 싶은 생각이 들 때가 많아.

윤

지금 우리나라의 후원 형태 중에 1대 1로 하는 거 있지. 그게 100% 잘돼. 그런데 한번은 이런 생각이 들더라. 몇 해 전 태풍 때문에 수해가 쓸고 간 지역을 방문해서 폐가전 제품을 수거하는 방송을 했거든. 거기 가보니까 피해가 덜한 집들 서넛이 피해가 많은 집 하나를 도와주더라고. 어떤 집에서는 밥솥을 주고, 다른 집에서는 의자를 주고, 또 다른 집에서는 책상을 주고. 그러니까 금방 복구되는 거야. 후원도 그런 식으로 하면 어떨까?

홍

좋다. 좋다.

윤

그런데 그걸 우리나라에선 안 해. 이렇게 하면 돈이 안 걷히니까.

오

사회적 기업, 이런 식으로 하면 어떨까?

홍

오, 그거 재밌겠다.

윤

난 좀 여유 생기면 그거 할 거야. 물물교환식 이웃돕기.

오

나중에 같이하자.

윤

사회사업 하는 분 중에 아주 다혈질인 분을 몇 아는데, 그분들은 열정은 있는데 돈이 없어. (웃음) 의욕만 앞서고 궁리를 안 해. 그래서 한두 명 후원하다 지쳐버리는 거야. 하려면 체계적으로 해야지. 하여간 난 나이에 어울리지 않게 기특한 삶을 사는 아이들을 보면 참 짠해.

오

본인도 그렇잖아.

윤

하하하. 그런가? 난 예측불허인 홍석천 같은 사람을 보면 눈물 나. (웃음)

홍
___

성호 형은 또 어떻겠냐?

윤
___

이 형은 도대체 속에 뭐가 있는지 알 수 없어.

오
___

알면 다쳐. (웃음) 난 눈물이 날 때가 없어.

윤
___

인간이 너무 메마른 거 아냐?

오
___

힘들게 살아서 그래. 나중에 진짜 슬플 때 한꺼번에 눈
물 흘릴래.

홍
___

오늘 좋은 얘기 했다. 싸구려 감상으로 흐를 수 있는데
아이디어도 나오고.

윤
___

난 구체적으로 그런 아이들을 돕고 있고, 또 앞으로 도
울 계획도 있어.

오
___

석천 씨도 돕고 있다고 했잖아. 앞으로 우리 셋이 좋은

기회를 만들어보자. 소외된 아동을 도울 수 있도록.

홍

오케이. 오늘 되게 훈훈했다. 좋은 일 많이 하면서 살자, 우리.

9. 쏟아지는 아이디어

아이디어 하나가 사업으로 이어지는 경우를 많이 본
다. 물론 거기에는 집중과 선택이라는 필수불가결한
요소가 따른다. 이유가 뭘까? '선택과 집중'이 바로 경
영 전략의 본질이기 때문이다.

윤

좀 새로운 이야기를 해보자. 기발한 사업 아이템이라
든가, 아니면 쟤가 나 사랑할 거야 하다 똥통 밟은 거라
든가.

홍
___

난 아직도 우리나라랑 사업하면서 동업이란 거…….

윤
___

우리나라야, 우리나라 사람이야? 말 똑바로 해.

홍
___

우리나라 사람. 우리나라 사람이랑 사업하면서 동업하
는 게 참 어려워. 난 스스로 외식업 하는 크리에이터라
고 생각하거든. 내가 제일 약한 게 숫자야. 숫자와 관련
해선 아예 개념이 없어.

윤
___

많이 벌었는데 뒤로는 구멍 나 있어?

홍
___

그런 경우가 있어. 나 혼자 투자하고 기다리고 일하면 성
공해. 그런데 누구랑 같이하면 스트레스가 어마어마해.

오
___

같이할 땐 정확해야 돼, 셈이.

홍
___

난 셈이 어두워. 얼마를 벌고 얼마를 쓰는지 몰라. 그런
데 예측은 또 기가 막히게 잘해. 중국 우한에서 코로나

가 터졌을 때 무조건 바이오 주식 사라고 했어, 사람들한테. 지난번에 아시아나항공 문제 있을 때 난 대한항공이 살 줄 알았어.

윤
———

그걸 어떻게 알았어?

홍
———

봐봐, 그동안 벌어진 일을. 부실기업을 다 나라에서 먹여살려. 웬만해선 안 죽여. 그런데 아시아나 사태를 보니까 나라에서 도와주더라도 살 회사가 대한항공밖에 없는 거야. 주변 사람들한테 대한항공을 사라고 했어. 아시아나 매각 뉴스 나오니까 단박에 올랐잖아.

오
———

부실기업 살리는 거 다 인맥 장난 아닌가?

윤
———

인맥 장난이지. 있는 놈들만 먹고사는 거야.

홍
———

하여간 난 동업하면 늘 손해야. 돈 문제 얽히고설켜 머리가 아프지? 그럼 난 그냥 "너 가져라" 했어. 그런데 이번 코로나 시국에 처음으로 '나 혼자만으로는 안 되

겠구나' 하는 생각이 들더라. 그래서 좋은 아이디어가
있어서 같이 투자해서 하자고 했어.

오
———

그게 뭔데?

홍
———

라이브 커머스. 요즘 이게 대세야. 밤 10시부터 하는데
모바일로 생방송하면서 판매하는 거야. 2019년부터
했어. 이게 성장 속도가 빨라. 지금은 쇼핑도 라이브 커
머스로 다 해. 말하자면 굿즈 엔터테인먼트 사업이지.

윤
———

그거 해, 형, 오탑.

홍
———

오탑도 해. 원래 화장품도 많이 했어.

윤
———

그리고 또 무슨 아이디어인데?

홍
———

애견 오가닉 푸드.

오
———

오가닉? 되게 애착 있다.

홍

이걸 구독 서비스로 하는 거야. 자, 우리가 만드는 상품이 여기 있어. 애견 사료를 일단 유기농으로 만들어. 이게 주력 상품이야. 요즘 애견, 애묘 인구가 엄청 나요. 사람보다 의료비가 더 들어. 한 달에 들어가는 비용이 장난 아니야. 일단 사료부터 시작해서 소변 패드, 캣 탑 등 다 취급하는 거야. 거기다 병원, 호텔, 장례식장 등등 각종 서비스까지.

오

오, 이거 좋다.

윤

그러고 보니까 얼마 전에 내 친구가 강릉에 10층 넘는 호텔을 오픈했거든. 그런데 이게 애견 호텔이야. 애견, 애묘랑 같이 투숙할 수 있어. 애견인들의 로망이 바닷가에서 자기 개랑 같이 뛰어다니는 거야. 그걸 동영상으로 찍는 거고. 강릉에 있는 배같이 생긴 호텔 뭐더라?

오

세인트존스.

윤

맞아. 세인트존스 옆에 17층짜리로 지었어.

홍

어마어마하네.

윤

우리나라에는 개를 데려갈 수 있는 호텔이 없어요. 그 걸 분양한대. 난 이거 투자하든지 분양 받든지 할 거야. 같이합시다.

오

같이하자.

홍

우리는 그런 서비스를 이커머스로 다 해.

윤

특별한 서비스를 만들자. 형, 나랑 이야기해.

오

어쩌다 애견 서비스에까지 투자한 거야?

홍

조카가 실리콘 밸리에서 일했는데 그 애가 귀국해서 만든 거야. 나한테 같이하자는 거야. 라이브 커머스랑

애견 온라인 마켓. 이거 지금 투자받는 중인데 투자자들이 좋아해. 쿠팡 같은 데서 이거 지금 하려고 그래. 홈쇼핑은 앞으로 죽 쏠 거야. 쇼호스트들 다 나오게 되어 있어.

오
_____

아이고. 내가 프랑스에 있으면 안 되겠네.

윤
_____

아니지. 형은 프랑스에 살면서 새로운 트렌드를 여기로 실어 날라야지.

홍
_____

여기 거를 실어 날라야 할걸.

윤
_____

그래. 그것도 하고.

오
_____

자, 그럼 얼마씩 투자할 거야?

각자 딴청을 한다.

10. 가끔은 죽음을 생각할 나이

가끔은 내가 나이만큼 잘 살고 있는지 새삼 돌아보게 된다. 잘산다는 것은 사람마다 기준이 다를 수밖에 없지만, 일단 에브리원! 오늘 주어진 시간은 건강 챙기면서 행복한 시간 보내기.

윤
———

살다 보면 불안한 적 없어?

오
———

안 불안해.

홍
___

와, 미치겠다. 어떻게 안 불안해?

오
___

돈도 많고 시간도 많고. 불안할 거 없어.

윤
___

아니, 남의 사상에 맞출 필요 뭐 있어. 안 불안하다는
데. 내가 얘기 좀 할게. 누가 '개 비타민'을 만들었어.

홍
___

개 비타민은 또 뭐야.

윤
___

내 얘기 들어봐. 어떤 전시회에 갔는데 누가 내 팔을 잡
아. "아, 윤정수 씨죠. 이거 개 비타민입니다." "개 비타
민이요?" "개 안 키우세요?" "네, 개 안 키웁니다." "괜
찮아요. 이게 개한테도 좋고 사람한테도 좋아요." 그러
면서 캔을 따서 벌컥벌컥 마시는 거야.

홍
___

마시는 거야?

윤
___

응, 개 비타민 워터야. 그렇게 눈앞에서 마시니까 혹했

지. 사람이 먹어도 괜찮은 거면 개가 먹어도 좋을 것 같아서. 그런데 그 사람, 망했어. 왜냐? 친구네 집에 가서 개한테 따라줬는데 개가 안 먹어. 개마다 다 줘봤는데 다 안 먹는 거야. 하하하. (웃음)

오
———
미치겠다.

윤
———
개가 싫어하니 그 개 비타민이 되겠냐고.

홍
———
대박이다. 그게 문제의 핵심이야. 고객이 원하지 않으면 망할 수밖에.

오
———
좋은 말이야. 나도 명심해야지.

윤
———
또 들어봐. 내가 언젠가 두유를 먹었어. 내 고향 후배가 만든 건데. 칼로리 제로인 두유래. 맛있더라. 그래서 또 혹했어. 같이하자고 했어. 그런데 후배가 그래. "형, 이게 100% 성공인데, 알리기만 하면 성공인데, 아무리 맛있다고 해도 이걸 한 번 까서 먹이기가 힘들어. 그래서 90%가 망해."

오
___

이해된다. 문제는 홍보하고 유통이야.

홍
___

그런 걸 먹게 하는 사람이 나 같은 사람이야.

윤
___

누가 하든 그런 사람이 필요해. 문제는 소비자가 그걸 맨 처음 따서 먹게 만드는 거지. 그걸 못 해서 다 망하는 거야.

오
___

그런데 그 얘기를 왜 하는 거야?

윤
___

지난번에 사업 아이템을 이야기했잖아. 그때 하려다 까먹은 거라 지금 하는 거야.

홍
___

이런 생각은 안 해? 언제 죽을까? 내가 죽으면 어떻게 될까?

오
___

아무 생각 없어. 건강하게 죽고만 싶어.

윤

죽으면 다른 사람이 슬퍼하겠지?

오

내가 죽으면 내가 제일 슬플 거 같아. 그런데 난 이런
생각 잘 안 해.

윤

난 대장 내시경 할 때 그런 생각했어. '이렇게 죽으면
좋을 거 같다.'

홍

그래서 사람들이 프로포폴을 하나 봐.

윤

아, 비밀번호는 누구한테 말하지? 조 말론 향수 박스에
5만 원으로 현찰 2000만 원 넣어놨는데. 누구한테 말
하지?

오

무슨 박스?

윤

조 말론 향수 박스.

오
─────

나중에 가서 찾아봐야지. (웃음)

홍
─────

난 늘 죽음을 생각해. 내가 어렸을 때 고3이던 큰누나
가 골수암으로 돌아가셨어. 아직도 그 장면이 선명해.
누나가 세브란스병원에서 수술을 받았는데 가망 없다
는 말을 듣고 고향으로 내려가 청양기도원에서 요양했
어. 그 기도원에 내가 위문 공연을 갔어. 교회에서 간
건데 나도 공연했거든. 그때 담요를 덮고 앉아 있던 누
나가 나를 보고 웃으면서 박수 치던 모습이 아직도 기
억나. 그다음 날 누나가 전화해서 "아빠, 집에 가고 싶
어요"라고 해서 택시 태워서 왔는데 집에서 죽었어. 그
렇게 집에서 초상을 치른 거야. 뭐 애가 죽었으니까 제
대로 장례식을 치른 거 같지는 않고 약식으로 한 거 같
아. 난 그냥 아무것도 모르고 손님들하고 놀았거든. 그
런데 어느 날 보니까 누나가 없는 거야. (잠시 침묵)

오
─────

어이쿠.

홍
___

난 지금도 누나 무덤이 어디 있는지 몰라. 엄마가 안 가르쳐줬어. 엄마는 명절 때마다 누나를 생각하면서 울어. "누나 무덤 어디 있어?" 하고 물으면 그냥 "몰라도 돼. 어느 산골에 묻어놓고 왔어" 그래.

윤
___

왜 안 가? 그래도 가봐야지.

홍
___

왜 그런가 생각해봤는데, 큰딸에 대한 아픔이 너무 커서 그런 것 같아.

윤
___

그래도 가야지. 가서 계속 보고 감정이 무뎌져야지. 밋밋해질 때까지 가.

오
___

가끔 보면 정수가 표현이 기발해.

윤
___

뭐 밋밋해지는 거? 그래야 살지 어떻게 그렇게 슬퍼하면서 평생 살아? 맞닥뜨려야지.

오

좋은 말이다.

홍

어쨌든 그래서 우리 엄마는 자식들이 아프거나 다친 거에 엄청 예민해. 어쩌다 무릎이라도 까지면 난리 나.

윤

머리는 다 까졌잖아. (웃음)

오

부모님은 그래. 자식 다치는 거 그런 일만 없으면 하고 바라시지.

홍

요즘 코로나라 너무 걱정하셔. 그런데 내가 서른 살 때 커밍아웃했잖아. 그때 그런 생각을 했어. '내가 커밍아웃하면 부모님이 돌아가실지도 모르겠다.' 그게 처음 든 생각이었어. 진작 하려고 했는데 부모님 때문에 미루고 미루다 서른 살 때 한 거야. 내가 더 이상 못 버티겠어서.

오

잘했어.

홍
———

그런데 내가 커밍아웃하고도 부모님이 잘 버텨주셨어.

윤
———

다행이지.

홍
———

응, 다행이지. 그때 예순쯤 되셨었거든. 아직 건강하셔.
잘 버텨주셨지 뭐.

나는 매일 죽음을 준비한다

YOON SAYS

내가 나이 많은 형들한테 늘 하는 이야기가 있다. "내가 먼저 갈 수도 있다. 가는 데 순서 없다"고. 우리는 다 곧 간다. 철학적으로 이야기하는 게 아니다. 진짜 그렇다. 그래서 준비해야 한다. 난 매일매일 준비한다. 뭘 어떻게 준비하느냐? 설사 내일 암인 걸 알아도 슬프지 않도록 준비하는 거다. 이제부터는 꿈을 쫓아가는 게 아니다. 여태껏 살아온 걸 마이너스로 좍좍 까 나가는 거다. 즐겁게, 합리적으로 까는 거다. 예를 들어 오

늘부터 서울 생활을 정리하고 시골로 간다든지. 어른
은 아니지만 어른처럼. 60은 아니지만 60살처럼. 70이
아니어도 70살처럼 사는 거지.

마음으로는 정말 준비하고 있다. 이렇게 마음먹게
된 데는 계기가 있다. 모 방송에서 〈기적의 인생〉이라
는 프로그램을 하면서 말기암 환자를 많이 만났다. 많
은 분이 살던 곳에서 지내면서 마지막을 맞이하더라.
그동안 해온 거 다 접고 사는데, 참 용기 있다는 생각이
들었다. 30회차를 진행하면서 나보다 어린 사람도 만
났다. 40대도 있었다. 남들은 왜 죽는 생각을 하느냐고
하는데 그때마다 말한다. "너 잘난 척하지 마. 누굴 걱
정해? 누가 먼저 갈지 몰라"라고.

나는 방송하면서 배운다. 어머니가 돌아가시는 걸
보면서 생각을 많이 했다. 그분이 가셨기에, 소중한 사
람이 갔기에 죽음 이후를 늘 생각한다. 정말 죽음은 예
고 없이 찾아온다. 모든 것이 그렇다. 한 치 앞을 못 내
다보는 게 우리 인생이다. 누가 날 걱정하면 100년도
못 사는 인생을 생각하라고 한다.

난 이제 반 살았다. 남들은 반이나 남았다고 표현하라

고 하지만 남은 인생을 아쉬워하긴 싫다. 난 반밖에 안 남았으니 뭐가 합리적이고 좋을까를 고민하고 싶다.

11. 나, 가족 있는 사람이야

가족이란 무엇인가, 라는 질문에 간단히 답할 수 있는 사람은 많지 않다. 누군가에게 그것은 삶의 근거이자 보루가 될 수 있지만, 또 다른 누군가에게 그것은 자유를 구속하는 올가미 같은 것이 될 수도 있기 때문이다. 하나의 의미로만 규정하기 어렵다. 영원한 안식처가 될 수도 있지만, 무한한 책임의 근원이기도 하기 때문이다.

내 영감의 원천은 어머니

내 감각의 원천은 어머니다. 내가 어렸을 때 어머니는 늘 잘 다린 모시 한복을 입으셨다. 읍내에 나갈 때도 꼭 양산을 쓰고 가셨다. 겨울에도 깨끗하게 빤 이불을 덮어주셨는데, 그 솜이불 느낌이 너무 좋았다. 이불에서도 좋은 냄새가 났다. 풀 냄새, 꽃 냄새, 청포 냄새가. 아마 그래서 내가 남성 화장품을 런칭할 때도 조향에 신경을 쓴 것 같다.

내겐 어머니만의 냄새가 있다. 음식 냄새일 수도 있

고, 빨래 냄새일 수도 있다. 그 냄새는 어린 시절 내게 편안한 안식처나 피난처 역할을 했다. 항상 쪼들리며 가난하게 살았던 어머니이지만 다듬이를 두드려가며 이불을 펴거나 옷가지의 주름을 다림질로 펴던 모습이 지금도 잊히지 않는다. 한겨울에 두꺼운 솜이불이 주는 무게감은 바람이 불어 웃풍으로 문에 바른 창호지가 바르르 떨리는 소리에도 나를 푹 자게 만들었다.

어머니 하면 곱게 빗어 비녀를 꽂은 머리와 치마에 달린 허리띠, 저고리를 동여맨 고름, 머리에 무거운 걸이고 걸어갈 때 보이던 가슴선 같은 것이 떠오른다. 이 현실적인 위대함은 현재 내가 갖고 있는 모든 끼의 근원이다.

어머니는 문풍지에 꼭 말린 꽃을 붙이셨다. 이런 취향이 지금의 나에게 영향을 미쳤다. 30년 지나 파리에 갔을 때 친구 집에서 한 끼 식사를 해도 꼭 화병에 꽃을 챙겨 꽂는 걸 봤다. '저게 옛날 우리 어머니 마음이구나. 삶의 작은 안식 같은 여유가…….' 돈 많고 지위 높은 것보다 어쩌면 삶에서 더 중요한 부분이 아닐까.

어머니는 옷가지가 많지 않았다. 하지만 새 옷이 아

니더라도 자주 빨아 햇빛에 말려 항상 깨끗하게 입고
다니셨다. 이런 습관은 나도 본받았다. 부모의 교육이
중요하다. 아니, 부모의 생활 습관이 중요하다. 아이가
어렸을 때는 특히 부모의 행동 하나하나가 엄청난 영
향을 미친다.

가족에게도 착한 사람이 되고 싶다

HONG SAYS

내가 어렸을 때부터 우리 가족은 기독교 집안이었다. 나도 기독교적인 가르침을 받고 자랐다. 그래서 내 삶의 어떤 부분은 원죄로 받아들인다. 그렇다면 거꾸로 죄 사함을 받아야 하지 않을까? 착한 일을 해야 하지 않을까? 하는 생각을 했다. 그래서 난 착한 사람, 좋은 사람 콤플렉스가 있다.

그런데 정작 가족에게는 좋은 사람이 아닌 부분이 있었다. 부모님의 기대를 저버렸기에 '착한 사람'이 되

기 힘들었다. 며느리를 보게 해드리거나 손주를 안겨드릴 수는 없으니까. 그때 작은누나가 이혼해서 힘들어했다. 아이들도 있는데 힘들겠다 싶었다. 그래서 작은누나의 아이들을 입양했다. 알아보니 누나의 아이를 입양할 수 있더라. 아이들의 생부도 수긍했다. 아직 조카들은 "아빠"보다는 "삼촌"이라는 호칭으로 부르지만, 최선을 다해서 아빠 역할을 하려고 한다. 애들 둘이 미국 유학 갔을 때는 마침 장사가 잘되던 때였다. 그래도 돈이 많이 들더라. 정말 부모가 아니면 누가 그렇게 유학비를 보낼까 싶었다.

내 능력이 되는 만큼 열심히 도와주고 키워줄 거다. 부모님께 죄송한 부분을 이렇게 상쇄하려는 마음도 있다. 이런 사고방식이 늘 족쇄처럼 나를 사로잡고 있다. 하지만 가족이니까. 부모님, 누나들, 조카들…… 다 소중한 가족이고 내 에너지의 뿌리다.

사랑이 먼저다

YOON SAYS

부모가 똑똑하지 못해도 자식을 잘 키울 수 있다. 중국 드라마를 보면 그런 게 나온다. 왕이 죽기 전에 신하들을 다 모아놓고 묻는다. 장자에게 왕위를 물려줘야 하는데, 자기가 생각하기에는 둘째가 더 똑똑하고 잘할 거 같다. "첫째는 방탕하여 군주 노릇을 잘 못할 거 같은데, 둘째에게 물려주면 어떻겠소?" 신하들의 얼굴이 하얘진다. 그중 노련한 신하가 이렇게 답한다. "폐하, 자식을 제일 잘 아는 것은 부모이옵니다. 폐하가 정

하시옵소서." 부모만이 자식을 제대로, 잘 볼 수 있다.

부모는 자식에게 올바른 것을 가르칠 수 있다. 최소한 아이가 어떤 삶을 살아야 하는지 보여줄 수 있다. 난 부모 한 분이 일찍 가정을 떠났다. 남은 한 분, 어머니는 청각 장애인이었다. 어려서부터 남들보다 스스로 돌보고 계발할 기회가 적었다. 사랑이 있는 부모가 돌봐줘야 아이는 자기 자신을 가꿀 수 있다.

나는 외할머니의 사랑이 있어서 그나마 잘 자랐다. 엄마는 자기 삶을 살기 바빴다. 삼촌도 그렇고. 물론 외할머니의 사랑은 2% 부족했다. 일상의 돌봄이지 자기 계발이나 발전은 없었다. 땅으로 치면 잡초만 제거하는 거지 건물을 세운다거나 도로를 놓는 건 아니었다.

하지만 그게 내게는 기회가 됐다. 빈터인 나 자신을 발견하고 거기에 건물을 세우기로 했다. 중간에 한 번 무너지긴 했지만 (웃음) 다시 재건축해서 이제 약간 기반을 갖춰 나가고 있다. 더 열심히 건설하면 아담한 작품이 나올 거 같다. 남들은 이미 30층 빌딩이 있는 땅을 갖고 있을 수도 있다. 하지만 그들이 디자인한 건 아니지 않나?

12. 망해도 잘 망하기

세 사람 모두 사업을 해봤다는 공통점이 있다. 성공도 해봤고 실패한 경험도 있다. 결국엔 어떠한 상황에서도 준비하고 있는 사람에게 기회는 오게 마련이다.

홍
———

사업, 이게 인생처럼 부침이 있어. 내가 가게를 스무 개 넘게 했잖아.

오
———

그렇게 많아?

홍

응. 그런데 주로 망했어. 그것도 아주 잘 망했어.

윤

그거 좋다. 잘 망하는 거.

오

인생도 잘 망해야 돼. 성공하는 것보다 더 중요한 거 같아. 잘 망하면 다음에 다시 잘 일어설 수 있어.

홍

그거야. 내가 망한 것들은 내가 좋아서 하다 망했어. 아, 생각하니까 또 열 받네. 이런 거야. 내가 이스라엘에 여행을 갔거든. 그런데 거기 한 식당 음식이 너무너무 맛있는 거야. 와, 이거 대박이다 싶어 주인한테 물어봤더니 올 오가닉이라는 거야. 재료가 다 유기농이야. 재료가 자연 그대로니까 그렇게 맛있는 거야. 당장 구상했지. '서울 가서 유기농 식당 열어야겠다. 오가닉 시장을 선점해야겠다.' 그랬어.

오

그거 진짜 좋은 아이디어다.

홍
———

그런데 망했어.

윤
———

아니 왜?

홍
———

경리단이란 지역이 되게 특이해. 이스라엘식 오가닉 식
당을 열었어. 그런데 셰프가 내가 몇 해 전 식당 할 때 같
이 일했던 막내야. 자기 나름대로 배우고 성장해서 호주
멜버른에서 중동 식당에 취직한 거야. 얘가 한국에 돌아
와서 날 만났는데 이런 말을 하는 거야. "형, 나 거기서
오가닉 메뉴 배웠는데 유기농 식당 할래요?" 그렇게
딱 맞아떨어질 수가 없잖아. 나도 그거 하려고 했는데.
그래서 시작했어. 그런데 얘가 몇 달 뒤에 그만뒀어. 하
다 하다 못 견딘 거야.

오
———

뭘?

홍
———

장사 안 되는 것에. 난 그랬거든. "얘, 난 기다릴 수 있으
니까 천천히 반응을 보자." 그런데 4개월 만에 그러더

150

라. "너무 죄송해서 더 이상은 못 하겠어요." 이상하게 손님이 없었어. 그때 유기농 식당은 너무 앞섰던 거야. 하여간 누가 와야 애가 실력을 발휘할 텐데 손님이 너무 없으니까 미안해하더니 먼저 그만두겠다고 한 거지.

오
—————

아쉽다. 지금 하면 잘될 텐데.

홍
—————

그런 경험을 하고 나서 레스토랑 비즈니스 기획을 다시 했어. 전문 셰프 없이 가자고. 지금은 레시피가 중요하지 않거든.

윤
—————

맞아. 오픈 소스 시대야.

홍
—————

그다음부터는 온라인으로 공장을 섭외해서 음식을 다 만들어놓는 식으로 했어.

오
—————

그게 돼?

홍
—————

잘 들어봐. 설렁탕 하면 서울에서 명동관(가칭)이 유명

해. 그런데 이 식당에 내분이 있었어. 창업주가 죽고 큰 며느리가 상표등록을 해서 이어받았어. 그런데 딸이 똑같은 레시피로 서명동관(가칭)을 만들었어. 이 스토리는 내가 잘 알아. 설렁탕을 가게에서 만드는 게 아니더라고. 공장에서 레시피대로 만들어서 전국의 분점에 보내요. 분점은 그거를 대량으로 받아 그냥 끓여서 그릇에 담아 손님한테 내는 거야.

윤

요즘 프랜차이즈는 다 그렇지.

오

세상이 그렇게 변했어.

홍

그러니까. 나도 한때 설렁탕 가게를 해볼까 생각했어. 24시간으로. 이태원 클럽에서 놀면 아침에 해장하고 싶을 거 아냐. 그때 설렁탕 먹으면 좋지 않을까 싶었지.

윤

그래서 홍대 클럽 앞 설렁탕집이 24시간 영업했어. 토요일, 일요일 아침 8시에 가보면 춤추다 배고픈 애들이 진짜 거기서 해장했다니까. 이렇게 해도 돼. 예를 들어

강남대로에 카페를 차려. 점심 때 회사 사람들 많은 데서 커피하고 밥을 파는 거야. 카페 한쪽에 설렁탕 먹는 구역을 만드는 거지.

홍
———

충분히 가능한 이야기야. 공장에서 받아 오기만 하면 되니까. 이젠 셰프가 필요없는 식당이 대세야. 말하자면 음식 편집 매장이지.

오
———

다 된 요리를 파는.

홍
———

그렇지. 주방만 있으면 돼. 공유주방하고는 달라. 한 주방에서 섹션만 나누면 돼. 커피, 떡볶이, 곰탕 다 팔 수 있어.

오
———

각 지방의 유명한 것들을 다 모아서 말이지.

홍
———

셀프로 실패해보니까 알겠더라고.

윤
———

잘 망했네. (웃음)

나를 길러준 건 이태원

HONG SAYS

이태원은 내가 너무 좋아하는 동네다. 1995년 대학을 졸업하기 전까지는 누나의 신혼 살림집에 얹혀서 눈치 보면서 살았다. 그러다 졸업하고 나면 독립해서 살아야지 했다. 어디서 살까? 서울시 지도를 보니까 용산 한남동이 서울 한가운데더라. 단지 그 이유였다. (웃음) 무작정 이태원 복덕방에 갔는데 아저씨가 말했다. "여긴 비싸고 저기 경리단 쪽으로 가면 싸." 그래서 반지하 방을 보고 계약했다. 이사 와보니 나 같은 별종을 잘 받아주는 동네더라. 그래서 이태원을 좋아하기 시작했다. 그때부터 지금까지 26년 동안 이 동네와 인연이 이어진 거다.

시트콤 〈남자 셋 여자 셋〉 하면서 좀 얼굴이 알려졌어도 편하게 지낼 수 있었다. 외국인들이 날 연예인으로 보지 않고 편하게 대하는 걸 보고 '아, 굳이 외국에서 안 살아도 되겠구나' 생각했다. 어찌 보면 이곳은 도피처였다. 첫 사업을 시작할 때 그래서 이태원에서 문을 열었다. 첫 가게에 루프탑을 만들었다. 아무도 옥상에 뭘 만들 생각을 안 할 때였다. 루프탑 문화를 처음으로 선보였다. 거기서 바라보는 서울의 야경이 끝내줬다. 사람들이 다 반해버렸다. 일단 한번 올라오면 가게의 매력에 빠지는 거다.

태국 음식점도 두 군데 있었는데, 태국 요리를 좋아하니까 제대로 해보고 싶다는 생각이 들었다. 그래서 마이타이를 대표 얼굴로 만들었다. 그때 마이타이에 또 처음으로 야외 테라스 공간을 만들었다. 그렇게 테라스 레스토랑 문화를 선보였다. 다음으로, 직원을 어떻게 뽑을까, 사람들이 잘 모르는데 어떻게 길 가는 고

객을 꼬실까 생각했다. 그래서 알바생 남자들을 모델급으로 뽑았다. 꽃미남 마케팅을 처음 시작한 거다. "그 가게 애들이 너무 잘생겼다"는 소문이 나면서 여자 손님들이 많이 왔다. 이 내용이 신문에도 났다. 덕분에 장사도 잘됐다.

나는 남들이 안 하는 짓을 계속 해왔다. 그러다 보니 이태원에 대한 꿈이 생겼다. 일본의 다이칸 야마, 홍콩의 란카이 펀, 뉴욕의 소호를 돌아다니면서 '이태원 뒷골목도 이렇게 만들자'는 꿈을 꾸었다. 그땐 건물 살 생각도 없었다. 내 돈 투자해서 가게를 예쁘게 만들면 그걸로 좋았다. 내 순수한 열정을 기억해주는 사람이 있어서 만족한다.

13. 남자의 향기

지난번에 이어서 사업 이야기를 계속해보자. 성호는 2020년 3월 오탑^{OHTOP}이라는 남성 화장품을 런칭했다. 10월에 스킨, 로션, 클렌징 세트를 선보였는데 이걸 석천과 정수에게 선물했다.

홍
_____

나 형 거(화장품) 바르고 홈쇼핑 했다.

윤
_____

그 화장품, 병 색깔이 좋더라. 내가 좋아하는 그린이야.

오

고마워. 향은 어때?

윤

향도 좋더라.

오

그거 되게 유명한 조향사가 만든 거야.

윤

그런데 화장품은 왜 만든 거야? 어쩌다?

오

내가 원래 패션을 했잖아. 유럽에서 쇼룸도 하고.

윤

쇼룸이 뭐야?

오

쉽게 말해서, 여기 패션 디자이너가 있어. 그리고 그 디자이너의 옷을 사고 싶은 사람들이 있어. 그럼 이 둘을 연결시켜줘야 하잖아. 디자이너가 시제품을 만들어서 전시할 곳도 있어야 하고. 이런 목적으로 패션 제품을 시범적으로 전시해놓는 곳을 말해. 그럼 바이어들이 와서 보고 "다음 시즌에 이거랑 저거 몇 개씩 보내달라"고 하

는 거야. 난 그 매출의 몇 퍼센트를 수수료로 받는 거고.

윤
———

아, 그런 거구나. 내 친구도 이탈리아에서 바이어하는데, 패션.

오
———

누군데?

윤
———

김○○라고. 알아요?

오
———

알아.

윤
———

대박. 세상 좁네.

홍
———

세상 진짜 좁아. 조심해서 살자.

윤
———

난 형만 조심하면 돼. (웃음)

오
———

그거 알아? 유럽 남자랑 한국 남자랑 패션이 많이 다르다?

윤
___

우린 짧잖아. (웃음)

오
___

아니, 그런 외형을 말하는 게 아냐.

윤
___

형, 키 몇이야?

오
___

나? 182. 왜?

윤
___

그러니까 좀 가만히 있어. 나처럼 165여봐. 그런 소리
못 한다.

오
___

짧으면 짧은 대로 멋을 낼 수 있어.

홍
___

유럽 남자랑 한국 남자랑 다른 게 뭔데? 뭐, 키, 감각,
털 말고…….

오
___

냄새.

윤

대박.

오

한국 남자들은 클렌징을 잘 안 해. 비누로 그냥 닦아.

윤

그럼 안 돼?

오

미세먼지도 많고, 도시 공기 속에 나쁜 게 얼마나 많아? 왜 여자들만 클렌징해야 돼? 남자도 잘 닦아내야 해.

홍

그건 맞아.

오

그리고, 향기가 중요해요. 사우나 갔다 온 남자들은 냄새가 다 똑같아. 목욕탕에 있는 스킨 바르는데 어떻게 죄다 똑같은 냄새가 나는지.

윤

그거 합동으로 구매하는 거 같지?

홍

ㅎㅎㅎ.

오
___

난 일단 한국 남자들에게서 좋은 냄새가 났으면 좋겠
어. 그래서 프랑스의 유명한 조향사한테 일을 맡겨서
스킨하고 로션부터 만든 거야. 난 남자들이 버려졌다
고 생각해.

윤
___

버려졌다고?

오
___

응. 특히 한국 남자들. 부인과 애인을 위해서 최고의 화
장품을 사고 남는 돈으로 자기 화장품을 사잖아. 남자
의 피부를 위한 화장품이 있어야 해. 그게 오탑이야. 내
가 세안제를 만들었다니까 "그게 뭔데?" 하고 묻는 지
인들이 많았어. "세수할 때 쓰는 거야"라고 하니 "남자
가 왜 그런 걸 써. 뭐하러?" 그런다. 그러면서 여자들
클렌징 제품은 비싼 거 사다 줘. 최소한 산다고 할 때
아무런 이의도 제기하지 않아. 이제 우리도 발전해야
돼. 남자도 클렌징해야 한다고. 미세먼지가 얼마나 많
은데. 아직도 갈 길이 멀어요.

윤

아. 이제 클렌징도 해야 하는 거야?

홍

난 벌써 하고 있어.

윤

두 달에 한 번쯤 스트레스 엄청 받을 때가 있어. 그럴때 이런 생각을 해. 이게 아내가 있다고 해결될까? 자식이 있다고 해결될까? 친구가 있다고 해결될까? 그저 나 혼자 해결해야 해. 그럴 때 나는 혼자 엄청나게 뜨거운 물로 사우나하거나 어떻게든 혼자 해결해보려고 노력해.

오

같이 일하기로 한 디자이너랑 기획 다 하고 옷을 팔려고 세팅해놓고 기다리고 있는데, 그 디자이너가 다른 데랑 일하기로 했다는 걸 신문 광고에서 본 적이 있어.

홍

와, 배신. 그래서 어떻게 했어?

오

내가 아는 바이어들한테 다 연락해서 그 옷 못 사게 했어. 그리고 속으로 엄청나게 저주를 퍼부었지.

윤
___

형이 직접 가서 죽이진 않고?

오
___

그렇게까지는 못 해.

윤
___

내가 갈까? (웃음)

오
___

어떻게 널 희생시키냐?

홍
___

쟤는 희생시켜도 돼. (웃음)

오
___

내가 버림을 당했잖아. 나한테는 20명의 전속 디자이너가 있어. 그들의 옷, 작품 하나하나랑 사랑에 빠지는 거야. 이 쇼룸은 하나의 무대고, 디자이너와 옷은 모두 배우야. 자, 시즌이 열려. 쇼룸을 엄청 준비해. 이제 바이어들을 맞을 차례야. 디자이너가 준비한 옷이 전시돼. 한 디자이너의 옷을 다 보는데 오전 세 시간, 오후 세 시간 걸려. 그럼 점심 주지, 저녁 주지. 숙소도 최고급으로 잡아줘. 물론 제일 중요한 건 옷, 상품이야. 옷을 보고 바이어들이 그래. "와, 너 어디서 이런 디자이너를 잡았어? 진짜 좋다. 최고야." 그 한마디면 우리의 6개월 피로가 녹는 거야.

우린 유럽 전역에서 디자이너를 발굴해. 아까 말한 아이는 러시아 디자이너야. 러시아에서 너무 괜찮은 친구를 발견했어. 설득해서 파리 쇼룸에 데뷔시키기로 했어. 그래서 데려왔지. 진짜 이때부터는 먹여주고 재워주고 그야말로 풀 서포트해. 그런데 얘가 어떻게 수를 썼는지, 다른 매니저를 잡은 거야. 며칠 연락이 안 되길래 디자인하느라 바쁜가 보다 했어. 그런데 어느 날 패션 잡지를 보니까 경쟁사 쇼룸에서 얘가 옷을 전시한다는 거야.

홍

열 받았겠다.

오

엄청 화나더라고.

윤

그런데 형, 그 사람 이야기는 들어봤어?

오
———

(충격을 먹은 듯 멍하다) 거기까지 들을 필요가 없어. 이
거는…….

윤
———

형, 형을 이기려는 게 아니야. 나는 형이 왜 다 알지도
못하면서 그렇게 이야기하는지 모르겠어.

오
———

이거 말하는 게 어쩌 거칠기도 하고 아집인 거 같기도
하고…….

윤
———

아냐. 아냐. 나는 걔가 연예인 같은 느낌이 들어. 20명
의 연예인과 소속사 사장. 걔는 연예인이고 형은 소속
사 사장인 거지. 만약 걔가 "사장님은 모든 사람을 관
리하시잖아요. 저는 저만 잘 키워줄 매니저가 필요해
요"라고 하면 형은 뭐라고 할 거야?

오
———

걔는 어쨌든 우리 쇼룸에서 데뷔하려고 했던 신인이잖
아. 그 단계까지 만들어준 나를 어떻게 그렇게 대해?
어떻게 이쪽저쪽 저울질해? 그건 날 버리는 거고, 신뢰

를 버리는 짓이야. 내가 다 키웠잖아.

홍
___

그런 사람도 있지.

오
___

내가 그 자리를 위해 다 준비한 건데. 그 분노는 엄청나.

윤
___

미안해. 나도 소속사에 불만이 있을 때가 있거든.

오
___

그런데 걔가 얼마 안 있다 경쟁사에서 잘렸어. 너무너무 고소하더라고.

윤
___

만약 걔가 돌아오면? 그럼 안 받아줄 거야?

오
___

잠깐. 인내심이 필요해.

홍
___

그렇겠지.

오
___

디자이너의 성공은 한 시즌에 결정되는 게 아냐. 최소한 세 시즌은 가야 해. 바이어가 최소 세 번은 봐야 해.

한두 번 실패해도 한 번 더 기회를 줘야 하는 거야. 진짜 한 번 실패는 병가지상사야. 파리 패션계가 얼마나 냉혹한데. 그래도 세 번의 기회는 줘야 해. 내가 만든 룰이야. 디자이너가 데뷔 때 못할 수 있어. 그럼 나는 바이어나 기자들한테 "다음 시즌엔 잘할 거다"라고 엄청 기름을 쳐놔. 다음 시즌에 괜찮긴 한데 또 별로야. 그래도 난 "기다려달라. 세 시즌은 봐야 하지 않냐?"라고 말해. 만약 그다음 시즌에도 별로다? 그럼 진짜 아닌 거야. 계속 디자이너로 일하기 힘들지. 글쎄, 연예인과 소속사의 관계는 난 모르겠다.

윤

그 사람 이야기도 들어봐야 해.

오

그건 아니야.

윤

그 사람을 미워할 확신이 있어야 해.

오

그건 너무 유아틱한 거 아닐까?

윤

너무 멋지게 표현하는 거 아냐? 난 충분히 이해해.

오

유아틱한 반항이야. 어쨌든 아까 이야기를 해볼게. 옷이 잘 팔리면 안 나가. 내 파리 쇼룸은 22년 됐어. 200명 넘는 디자이너가 거쳐 갔어. 다 기억하지는 못해도 난 의리가 있어. 나와 20년 일한 디자이너가 있어. 난 88개의 바이어 숍에서 이 디자이너의 컬렉션을 팔았어. 디자이너나 쇼룸 입장에선 엄청난 성공이지. 전 세계 유명 가게 중 90개 가까운 곳에서 자신의 옷이 팔리고 있다는 건 경제적인 면에서나 인지도 면에서나 성공했다고 봐도 과언이 아니야.

그런데 패션계는 5년이 주기야. 5년이 지나면 하락세를 타기도 해. 그도 사실 정점은 지났어. "5년 지나면 넌 죽어야 한다"는 게 우리 패션계의 모토야. 5년 넘게 인기를 유지하는 디자이너는 드물어. 그도 마찬가지였어. 하지만 난 그를 자르지 않았어. 그는 아직도 일하고 있어.

홍

그 사람은 그럼 어떻게 해야 돼?

오

죽든지 다른 브랜드를 만들든지 해야지, 뭐. 환골탈태
해서 엄청난 작품을 만들면 되지만 그게 또 잘 안 돼요.
이름을 바꾸면 또 한 5년은 더 갈 수도 있어. 다음 시즌
에 세컨드 브랜드로 가는 거야. 정수에서 수정, 그런 식
으로.

윤

잠깐, 형이 유통도 하는 거야?

오

패션 디자이너와 바이어-소비자를 연결해주는 일을
하지.

윤

아하, 좋은 일이네. 그럼 이번에 새로 런칭한 남성 화장
품은 형이 디자이너가 된 거네.

오

맞아. 패션이 지루해져서 시작했어. 난 이것도 패션의
연장이라고 생각해.

윤
___

오케이. 일단 향이 좋고…… 나 매일 바르고 다녀.

오
___

잘 부탁합니다. (웃음)

홍
___

잘돼야 할 텐데.

윤
___

잘될 거야.

이날은 훈훈하게 마무리했다. 마침 홍석천의 라이브
커머스 쇼가 있던 날이어서 윤정수는 느닷없이 무보수
게스트로 참여했고, 오성호는 쇼를 구경했다.

패션이란?

패션은 세탁기와 비슷하다. 세탁기에는 에르메스 옷도 넣고 유니클로 옷도 넣는다. 옷을 입는 사람은 나다. 주체가 나다. 브랜드는 피상적인 것이다. 내가 중요하다는 확고한 인식으로 옷을 입으면 그게 그 사람 고유의 패션으로 완성된다. 이런 단계에 도달하려면 빈티지, 명품, 디자이너 브랜드 등 다양한 옷을 입어보는 단계를 거쳐야 한다. 모든 것이 종합적이다. 나는 제자들에게, 또 후배들에게 옷을 많이 입어보라고 권한다. 돈을 써봐야 한다. 그래야 어떤 게 좋은지 아닌지, 내게 맞는지 아닌지 알게 된다.

옷을 진열할 때 나는 두 손으로 만져보고 입어보고 냄새도 맡는다. 옷을 잘 만드는 사람은 옷을 보낼 때도 잘 개서 실크 종이로 싸서 보낸다. 심지어 좋은 냄새까지 난다. 그 사람의 정성이 보인다. 옷을 함부로 만든 사람은 아무렇게나 포장해서 보낸다. 이런 사람하고는 같이 일하기 어렵다.

누군가는 내게 "지랄 맞다"고 한다. 프로페셔널하니까 지독하고 지랄 맞은 거다. 극성 직전까지 가야 한다. 언젠가 프랑스 패션 학교에서 특강을 했다. 브라질 학생 하나가 이런 질문을 했다. "어떤 것이 좋은 옷이고 어떤 것이 나쁜 옷인가?" 나는 이렇게 답했다. "좋은 것과 안 좋은 것의 구별은 지극히 사적이다. 그걸 구별하는 건 너의 눈이다." 내 마음속에는 고향 정읍의 시골 마을과 서울 생활, 그리고 파리의 절박함 등이 남아 있다. 그게 눈을 통해 나타난다.

일반인이 아티스트를 좋아하는 이유는 개인적 판타지를 살 수 있기 때문이다. 패셔니스타에게는 환상적 매력이 존재해야 한다. 탁월한 패션 감각을 가지려면 일단 모델을 정하고 그를 모방하는 것에서 시작하면 된다. 일반적으로 아티스트들은 성격이 유별나다. 좋게 표현해서 개성이 강한 거다. 성격이 고약할 수도 있다. 난 그들을 인정하고 존중한다. 그들의 성격이 평범하지 않기 때문에 우리 범인이 갖고 있지 못한 새로운 꿈을 만들어내고 있는 것은 아닐까? 결국 우리는 그들의 꿈을 돈 주고 사고 있는 거다.

14. 사랑에 대하여

연애를 해도 남자와 여자는 다르다. 똑같은 상황에서도 남녀는 다른 사고 구조를 보인다. 남자에게 사랑이란 무엇일까?

오
———

그건 그렇고 정수 씨는 인연만 기다릴 거야? (윤정수의 동공이 지진 맞은 듯하다)

홍
———

왜 난 안 물어봐?

오

석천 씨는 사랑하고 있을 거 같아.

홍

어떻게 알았지? 사랑 얘기는 두 분이 하세요.

윤

아……. (한숨) 갈수록 마음을 얻기가 어려운 것 같아.
이젠 진짜 못 하겠어. 옛날에는 확신이 있었어. 이젠 누
가 나에게 이러는 게 싫어.

홍

이러는 게 뭔데?

윤

좋아하지 않는 사람이 다가오는 거, 나한테 관심 갖는
게 별로야. 그 사람이 날 좋아하는데 내가 마음이 없어
도 문제 아닌가. 점점 자신이 없어져. 50은 적은 나이
가 아니잖아. 아직도 나 좋아하는 사람 많아. 20대 처
녀도 있어. 하지만 그 부모를 어떻게 설득해.

홍

부모가 네 또래일걸?

윤
———

그러니까. 갈수록 태산이지.

오
———

2세를 봐야 해?

윤
———

그 질문은 하지 마. 2세 안 보는데 왜 결혼해?

오
———

집착은 하지 마.

윤
———

응. 사실 옛날엔 그랬는데 요즘엔 또 그것도 그렇게 필수불가결한 것 같지는 않아. 그냥 사는 것도 머리 아파. 어휴, 아예 생각 안 하려고.

홍
———

요즘에 뭐가 머리 아파?

윤
———

참 이상한 게, 이러다 내 재산이 급격히 불어나면 이 문제가 해결될지도 모르겠다는 생각도 들어. (웃음) 그런데 재산이 늘어나서 인연 문제가 해결되면 또 슬퍼질 것 같아. 재산 보고 오는 거니까. (한숨)

오

그게 맞는 거야?

윤

안 맞아도 좀 더 나이 들면 나도 어떻게 될지 몰라. 사
랑 앞에서는 이성이 늘 힘을 못 쓰니까.

홍

재산 증식보다 기도가 더 빠를지도 몰라.

윤

그럴지도 모르지.

오

사랑하면서 나쁜 짓 좀 해봤지?

윤

사랑의 거짓말. 사랑하지 않는데 사랑하는 척하는 거.

오

그게 나쁜 거야?

윤

나쁜 거지.

홍

그게 나쁜 건지 상대한테 물어봤어?

윤
———

몰라. 그 순간만큼은 같이 있고 싶을 만큼 좋아했겠지.

오
———

그랬겠지.

홍
———

너무 싫으면 같이 있기도 싫지.

윤
———

그런 건 여자들이 인정 안 해줘. 책임지지 않는 사랑을 사랑이라고 하지 않아.

오
———

그냥 만나기만 해도 돼.

윤
———

"오빠. 그땐 왜 그랬어." 화내는데 되긴 뭐가 돼.

홍
———

이상한 여자만 만났나 봐.

윤
———

이상한 여자 아니야. 연결성을 주지 않는 것에 대해서는 잘못이라고 욕을 먹는 거야. "넌 나쁜 새끼야." 난 생각하지. '마음이 변하면 왜 나쁜 새끼지?' (웃음) 마음이 변한 여자도 그럼 나쁜 건가? 난 그럴 수도 있다고 생각하는데, 욕먹기는 싫잖아.

오
___

정수 씨는 바꿔야 할 경험이 많아. 사랑이 변할 수도 있지.

윤
___

그렇지 사랑은 변할 수도 있지. 그런데 그거 여자한테 말할 수 있어? 말할 수 있냐고? "저기…… 사랑은 변할 수 있는 거야. 그렇지?" (웃음) 내 맘이 변했다고 이만큼씩 문자 보내고, 난리 부리고…… 그런 게 보기 싫고 듣기 싫은 거야. 못 견디겠더라고. 그래서 어느 날 이후로는 사랑을 안 하고 있어.

오
___

도대체 얼마나 오랫동안 사랑을 안 한 거야?

윤
___

그렇다고 안 하지는 또 않아요. (웃음) 누군가를 좋아하는데…… 그러다 또 맘이 변해. 그런 일이 반복되면서 패턴이 생기자 예측 가능해지고…… 그래서 또 못 하고 그런 거지요.

홍
___

그게 인생이야.

오
___

정수 씨 정도면 훌륭하지. 성공한 남자야. 착하고.

윤
___

내가 생각해도 나쁘지 않아. 특별히 나쁜 건 없어. 그런
데 그게 문제야.

홍
___

평소 이미지가 어둡고 이렇지는 않잖아.

윤
___

집안 어른들 자체가 큰 문제를 일으킨 적이 없어. 밝은
돌쇠 느낌? (웃음)

오
___

느낌이 좋아.

윤
___

만약 어디 갔을 때 궂은일을 아무도 안 하면 내가 해.

오
___

밝은 돌쇠네. 이 돌쇠 필요한 마님 어디 없나? (웃음)

결혼 그리고 사랑

나는 그동안 결혼을 회피해왔다. 나는 책임감이란 단어를 싫어한다. 상대방을 책임지기 싫어한다. 그냥 내 성격이 그렇다. 결혼하면 아기에게도 무시(?) 당하면서 살아야 할 것 같다. 결혼은 행복에 반드시 필요한 게 아니라고 생각한다. 다만 친구 같은 아들이나 딸이 있으면 좋겠다는 생각은 한다. 내 또래가 자식들하고 캠핑 가고 이런 걸 보면 부럽기는 하다.

사랑은 눈물의 씨앗이라든가. 그동안은 사랑을 몰랐

다. 10여 년 전에 어떤 친구를 만났는데, 그 사람은 나를 좋아하지 않았다. 내가 먼저 좋아했다. 연락 오는 걸 기다리면서 전화통만 보고 있는 게 부끄러울 정도였다. 그러다 사귀었는데 애가 닳게 하고 화나게 하더라. 5년 넘게 교제했다. 사랑하면서 "눈이 먼다"는 표현을 실감했다. 사랑은 아름답다. 인간만이 가진 권리니까.

처음에는 긴장하고 신나고 그러다 책임감이 생기고 나태함이 생긴다. 그건 상호작용인 것 같다. 이성이 있어서 책임감과 사랑이 밀당한다. 그 접점에서 같이 지내든가 아니면 헤어지는 거다. 더 같이 있고 싶으면 결혼 내지는 동거하는 거고, 아니면 이별하는 거다. 책임감이 너무 버거우면 나는 도망간다. 어떤 면에서는 비겁한 거다.

그 결과는 말로 다 할 수 없는 외로움이다. 외로움을 잊으려고 여행하거나, 요즘처럼 여행하기 힘들 때는 청소나 운동, 아니면 쇼핑, 자전거 타기 등등을 하면서 몸부림친다. (웃음) 외국 생활에서 오는 어려움이라고 할까. 보통 유학 갈 때의 정서가 그대로 남아 있다고 한다. 나는 젊어서 유학을 가서 30년 동안 파리에서 살았다. 돌아와서 여기 친구들을 보니까 다들 올드해 보였다. 난 아직 20대의 마음인데 애들은 아저씨였다.

외국 생활을 하다 보면 문화적, 언어적으로 차이가 있어서 힘든 점이 많다. 예를 들어 외국인에게 "등을 긁어주면 시원하다"란 말을 어떻게 표현해야 하나. 사랑할 때 이런 게 잘 안 되더라. 역시 한국인과 연애하는 게 편하다. 동질성이 있으니까. 마늘 먹고 냄새 날까 봐 걱정 안 해도 된다. 언어와 문화는 정말 중요하다. 특히 사랑하는 사람 사이에선.

15. 혼남의 필수품, 외로움

혼자 사는 남자들은 어떻게 외로움을 견딜까? 아니면 그 외로움을 그대로 받아들이는 걸까? 고독과 고통 사이에서 몸부림치는 중년 아재들의 탄식.

윤
———

내가 얼마 전에 점을 쳤는데 쉰두 살에 결혼한단다. 1년 남았어. 사주가 그렇대.

홍
———

기회는 있었어?

내가 좋아한 기회 아니면 누군가 나를 좋아할 뻔한 기
회? 내가 좋아해서 잘된 경우는 별로 없어. 내 맘에는
들었는데 나를 안 좋아해. 그러니 날 냉정하게 대하더
라고. 아니면 아닌 거야. 두 달에 한 번 대시했는데도
잘 안 됐어.

잠깐, 그…… 윤정수? 김정수? 너 성이 뭐였지?

이 형 뭐야?

오, 미안.

와, 나 화난다. 실컷 울다가 누구 죽었냐고 한다더
니…….

미안.

하여간 왜 싹을 잘라. 대시도 안 해봤는데. 씨양. 이거

그대로 써. 씨앙이라고. 어휴, 인연의 끈이 너무 힘들
다. 역시 어렸을 때 결혼했어야 하는구나, 그런 생각이
들어.

홍
___

철없을 때.

윤
___

음, 철없는데 어떻게 결혼해. 하여간 그동안 금전적으
로도 어려웠고. 빚 갚으면서 40대 보냈잖아.

오
___

언제가 제일 외로워?

윤
___

성적으로 외로워.

오
___

남자니까.

윤
___

여자라고 없겠어?

홍
___

여자들은 그게 그렇게 중요하지 않다고들 해.

윤

그래?

오

갔다 온 사람들은 또 '해봤으니까' 별로 안 해보고 싶다고도 해.

윤

당연히 사랑하는 사람과 모든 것이 깊어질 때가 제일 좋지. 그게 제일 나아.

오

사랑하고 싶은 거지?

윤

사랑하고 싶다기보다…… 한 아이도 헛되이 쓰고 싶지 않아. (웃음) 얘네도 그럴 거 아니야. 얘네도 메시지를 보낸다고. 그만해라, 응? 그만해!!! (웃음) 점점 결실 없이 죽어가는 애들이 불쌍해. 아, 너희들은 언제 빛을 보냐.

오

참 말 잘해. '한 아이도 헛되지 않게' 이런 말을 누가 해.

윤
———

난 평소에도 써.

오
———

책 많이 읽니?

윤
———

난 책 잘 안 읽는다니까. 집중력도 없고. 책 쓴 사람의
생각에 지배당할 것 같아서 별로야.

오
———

석천 씨는 안 외롭지?

홍
———

어이쿠, 사람이 어떻게 그래. 나도 외로워.

오
———

그래도 보면 참 긍정적이야.

홍
———

초긍정의 아이콘, 홍석천. 그게 내 에너지야.

윤
———

항상 웃고 있어, 이 형은.

홍
———

그게 가식적일 때도 있어. 나도 힘들고 지치고 슬프고

그럴 때가 있어. 왜 없겠어. 그런데 시간이 지나니까 대처법이 달라지더라고. 내가 지치니까. '내가 왜 이렇게 살까? 왜 늘 좋은 이미지를 고수하려고 할까? 왜 늘 웃으면서 남을 대할까? 나도 할 말은 하고 살아야 하는데 왜 말을 못 할까?'

그래서 요즘에는 기준을 둬. 밤 12시 이후에 문자나 전화해서 "아, 형 보고 싶어요" "누구랑 있는데 형 통화 한번 해줘요" 이렇게 말하는 건 다 자랑하고 싶어 하는 전화거든. 내가 그립고 조언이 필요한 게 아니야. 그러면 나도 모르게 욕이 나가. "너 지금 욕 먹을 짓 하는 거 알아?" 한 번쯤 경고를 해야겠다 싶어서 일깨워주는 거지.

옛날에는 자다가도 통화했어. 외로우니까. 아주 그냥 밤마다 외로움에 몸부림쳤거든. 그런데 지금은 "12시 이후에는 전화하는 거 아니야. 너 이러면 나랑 인간관계 끊겨. 한 번은 봐주는데 더는 안 돼"라고 말해. 나도 바뀌었어.

오
————

나도 혼자 사는 게 힘들어. 외롭지. 그런데 장점도 있어.

191

윤
___

뭔데?

오
___

자유. 외로움과 자유는 동전의 양면 같아. 우리가 지금 싱글이니까 맘 놓고 돌아다니고 판타지를 펼칠 수 있고 억제당하지 않는 거지. 결혼했어봐. 아내에게, 자식에게 얽매이게 돼. 총각일 때 멋있다가 결혼해서 애 둘쯤 낳고 완전히 망가지는 사람 많이 봤어. 아빠가 돼서 그렇다기보다 그만큼 힘든 거야.

홍
___

맞아. 나도 조카 둘 입양했잖아. 신경 쓸 게 한두 가지가 아냐.

오
___

하지만 혼자라는 건 위험하고 슬프지.

윤
___

둘이 있어도 외로울 거 같아.

오
___

둘이 있으면 체온이 느껴지지. 애인이 있어도 법률적으로는 물론 혼자지만. 혼자 있는 이불 밖과 이불 안의

외로움이 있어. 침실 안의 외로움은 허전함이고, 침실
밖의 외로움은 나 혼자 살아야 한다는 두려움이야.

홍

이 형은 시인이야.

오

사랑할 때는 누구나 시인이 돼.

윤

사랑하지 않으면?

오

역시 시인이 돼지.

홍

멋지다.

윤

쿠션으로 해결 안 되는 거지?

오

그걸로는 채워지지 않지.

윤

형은 계속 혼자 살았어?

오

왜? 동거한 적도 있고, 나가라고 한 적도 있고, 나간 적
도 있어.

홍

흐흐흐. 나도 비슷해.

오

나이 들면서 점점 철면피가 된다. 이제는 겁이 없어졌
어. 경험을 많이 하다 보니까 내 삶의 허용 범위가 커진
거 같아.

윤

어휴, 난 나가라고 하지는 못할 거 같아.

외로울수록 위험에 몸을 맡긴다

외로울수록 리스크가 많은 연애, 사업을 즐기게 된다. 태생적으로 뻔한 건 싫다. 호랑이가 토끼 잡는 거이런 거 별로다. 토끼가 호랑이를 잡아야지. (웃음) 우정, 섹스, 사업 등도 리스크가 커야 얻는 것도 크다. 내인생에서 가장 크게 리스크를 안고 시도했다가 성공한것이 심지다. 20년 전 파리 피카소박물관 앞에서 심지라는 소매 패션 숍을 했다. "사람은 심지가 있어야 한다"고 돌아가신 어머니가 자주 말씀하셨다.

오픈하고 얼마 안 있어 친한 기자, 바이어들이 와서 사줬다. 이들이 선전을 잘 해줘서 꽤 인기가 있었다. 심지는 옷 방이자 동시에 내 이력서였다. 내가 좋아하는 옷을 직접 발굴해서 전시, 판매했는데, 나중에 패션 사업할 때 "내가 심지 사장이었다"고 말하면 "뭐? 네가 거기 사장이었다고?" 하면서 다들 놀라고 그냥 프리 패스였다. 파리 사람들의 핫 플레이스였으니까.

거긴 박물관만 있는 곳이었다. 뻔한 패션 거리가 아니었다. 불안정하고 위험성 있는 곳이라 내겐 더 자극적이었다. 그 거리에 가게를 하나 인수해서 수선부터 했다. 나무 옷걸이를 소금에 절여서 일부러 낡아 보이게 만들었다. 앤틱해 보이려고. 그러다 이라크대사관을 철거한다는 소식을 듣고 그 공사장에 달려갔다. 왜? 이국적인 느낌이 나는 뭔가가 없을까 하고. 아니나 다를까. 한쪽에 벽지가 쌓여 있었다. 그걸 얻어 와서 온전하면 온전한 대로, 뜯어진 건 뜯어진 대로 붙였다. 아랍 분위기가 확 났다. 피팅 룸도 개성 있게 만들었다.

그런데 어느 날 칼 라거펠트가 온 거다. 래니 크라비츠도 오고, 바네사 파라디도 왔다. 칼 라거펠트는 샤

넬 디자이너고, 래니 크라비츠는 가수다. 바네사 파라
디는 영화배우도 하고 노래도 한다. 이들이 왔다는 소
식과 매장에 대한 이야기가 〈보그〉 잡지에 대대적으로
실렸다. 그 후로 심지는 파리의 패션 명소가 됐다. 그때
내가 제일 자랑스럽다고 느꼈던 것 같다. 내 감각이 최
고조였을 때다. 이렇게 좋아하는 일에 몰두하다 보면
외로움도 잊게 된다.

심지는 제일 잘나갈 때 꼼데 가르송(일본 디자이너 레이
가와쿠보가 1973년 파리에서 창립한 패션 브랜드)에 팔았다.

16. 앞서가는 남자

한탄만 하고 있을 수는 없다! 한국 남자들의 특성이 뭔가? 시대를 앞서가는 트렌드 리더의 모습이다. 이날은 석천의 이야기를 많이 들었다.

오

석천 씨는 트렌드를 잘 읽는 거 같아.

윤

앞서가지.

홍

내가 좀 그런 편이야.

오

아이디어는 어디서 얻어?

홍

어렸을 땐 신문을 많이 봤어. 좋아하는 프로가 실은 다큐와 시사 쪽이야. 뉴스도 무진장 봐. 희한하게 내가 하면서도 내가 찍은 드라마나 예능은 잘 안 봐. 쑥스러워서 그래.

윤

그런 거 있어. 나도 방송 초창기에 가족이나 지인들이 지적하는 게 너무 싫었어. 예를 들어 내 후배가 LG전자에 다녀. 그런데 걔가 하는 일이 무슨 데이터 영업이야. 그걸로 끝이야. 더 뭘 물어봐? 고등학교 동창 하나는 30년 알고 지냈는데 무슨 화학 쪽 사업을 해. 난 걔가 하는 일에 대해 매번 설명을 들어도 모르겠더라고, 무슨 일을 하는지. 그런데 우린 봐봐. 만천하에 드러나는 일을 하잖아. 왜 이렇게 똑똑한 사람이 많은지 우리나라 사람들은 다 전문가야. 방송 전문가, 연기 전문가. 거기서 그 멘트가 좋았다 나빴다. 연기가 오버다 아니다…….

홍
___

그런 것도 있지. 그런데 난 게이라서 그런가 느낌이 있어. 남과 다르게 세상을 읽어내는 능력이 있다고 해야하나. 난 사건사고가 터지면 다음에 뭐가 어떻게 될까 상상해.

코로나 터지고 나서 가게를 하는데 아무리 해도 안되는 거야. 이전과 완전 다르더라고. 사람들이 모여야 사업이 되는 건데. 사람을 못 모이게 하는 환경이다. 그럼 어떻게 해야 할까? 생각해보니까 온라인 비즈니스라는 게 있는 거야. 내가 홈쇼핑을 10년 했잖아. 가만히 보니까 큰 플랫폼 회사들이 커머스를 할 거 같은데, 얘들은 분명 연예인이나 인플루언서를 쓸 거 같은 거야. 그럼 그들의 제안을 기다릴 것인지 내가 먼저할 것인지 고민하다 먼저 치고 나갔어. 그래서 2020년 3월에 라이브 커머스를 시작한 거야. 작년 추석하고 설날 테스트했어. 산삼 선물 세트. 반응이 좋았지.

나라에서 3월에 사회적 거리두기를 처음 했을 때, 한달 반 문 닫고 그 시간에 쉬면서 라이브 커머스를 본격

적으로 런칭했어. 놀면 뭐해. 처음에는 조그맣게 시작
했는데 좋은 상품 찾고 전국의 소상공인, 스타트업들
을 리서치해서 다이렉트로 해서 살 거라는 생각이 들
면서 조금씩 늘리기 시작했어. 이제 내가 제시하는 건
99% 믿고 사.

윤

그래. 지난번에 같이했잖아. 많이들 구매하시더라.

오

대단하다. 물건은 직접 찾는 거야?

홍

전국에서 찾아와. 내가 SNS를 하잖아. 팔로어가 37만
명이야, 지금. 지방에서도 연락이 와요. 조건을 맞춰서
서로 윈윈할 수 있는 구조를 만드는 거지. 지금은 가만
히 있어도 연락이 와.

윤

훌륭해.

홍

처음엔 전국의 맛집을 찾아다녔어. 예를 들어 경기떡
집. 처음에는 A 떡집 찾아갔는데 안 한다고 해서 다른

경기떡집을 찾아갔어. 이야기했더니 하루 생산량이 한 정돼 있어서 1000세트 이상은 못 하겠다네.

오
———

어디라고?

홍
———

경기떡집. 찾아가서 먹을 정도로 맛있는 데야. 사장 님이 고개를 흔드는데 사장님 아드님이 아버지를 적 극 설득했어. "홍석천 씨가 좋은 일 하니까 한번 해보 자"며. 그래서 사장님도 동의했어. 두 번 방송해서 3만 9000원에 2000세트를 팔았어.

윤
———

대박.

홍
———

자영업자들은 지금도 나름 탈출구를 생각하고 있어. 자기들이 온라인으로 준비하고 있는 거야. 누군가 성 냥불을 붙여주면 돼. 설사 첫 방송에서 안 되더라도 광 고 효과가 있으니까 다음 단계가 편해져요. 우리 숍에 한번 들어오면 마켓컬리나 쿠팡, 네이버에 들어가는 게 편해져. 결국 서로 윈윈이야. 우리랑 같이해서 잘된 곳이 몇 군데 있어요.

윤

얼마나 자주 하는 거야?

홍

일주일에 한 번 한 품목씩 해. 홈쇼핑 오래한 게 도움이
됐지. 그 구조를 잘 아니까. 2020년 한 해 숍 매출이 3월
부터 연말까지 10억 원이야. 난 매출의 일정 부분을 인
센티브로 받아. 10개월 한 것치고는 썩 괜찮았어. 가게
하나 하는 것보다 나아. 일단 골치가 안 아프니까.

오

석천 씨는 선구자적인 면이 있어.

윤

내년 계획은 뭐야?

홍

어제 이태원 상인 멤버들하고 통화했어. "홍 사장 나가
니까 이태원이 썰렁하다. 다시 와야 하는 거 아니냐"고
하더라. 사실은 나도 다시 들어갈 생각을 갖고 있어.
1～2년 뒤쯤. 그런데 정말 다른 콘셉트로 할 거야. 많은
사람이 자기 꿈을 만들어가는 공간을 만들고 싶어. 그렇

게 말하니까 너무 좋아하더라. '홍석천의 귀환'이라고.

오
———

미래로 가는구나, 빨리.

홍
———

그게 대단한 용기가 필요해요. 커밍아웃도 그렇고. 나 스스로 그런 용기가 어디서 나오는가 생각해봤어. 난 늘 뭔가를 만들고 시작하고 실패하고 사기당하고 마음 아플 때 이런 생각을 해. '충남 청양 시골에서 장사하는 부모 밑에서 자라 열아홉 살 때 상경해 이 정도면 성공한 거 아냐? 주머니에 7만 원 들고 버스 타고 올라온 놈이. 이제 잃어버리면 얼마나 잃어버리고, 가지면 또 얼마나 갖겠나' 하고.

사람들은 잃어버리는 것에 대한 미련 때문에 털지 못해. 사람들이 나만 보면 "이태원 다 망했다면서요?"라고 해. 어찌 들으면 스트레스인데 "망하긴 했는데 마음은 편해요"라고 한다. 왜? 한 달에 나가는 고정비용이 없으니까. 물론 빚은 생겼지만 또 열심히 벌면 되지, 라고 생각하지. 매달 시달리지 않으니까 오히려 좋아. 여기에 쓸 에너지를 다른 데 쓸 수 있으니까.

길이 없으면 만들면서 간다

HONG SAYS

'남들이 안 하는데 왜 내가 해야 하나.' 난 이런 생각 안 한다. 물론 남들이 먼저 하면 검증된 게 있으니까 결정하기 편한 면이 있다. 예를 들면, 10년 전 홈쇼핑을 처음 시작했을 때 나만큼 인지도를 갖고 있는 사람들은 홈쇼핑을 안 했다. '한물간 사람들이 하는 거 아냐' 하는 인식이 있었다. 내 생각은 달랐다. '아니, 가게도 하고 식당도 하면서 홈쇼핑은 왜 안 해? 왜 연예인들이 기피하지?' 이건 또 다른 엔터테인먼트의 세계로 가는 거라고 나는 분명히 인식하고 있었다.

　피디가 처음 홈쇼핑 섭외하면서 그러더라. "홍석천 씨는 안 하실 거 같은데, 한번 연락해봤습니다"라고. 안 할 이유가 없었다. 뉴미디어인데. 플랫폼이 완전 다른 건데. 라이브 커머스도 마찬가지다. 지금 판이 한번 크게 흔들린 상태다. 연예 엔터 쪽에서 봤을 때. 코로나 때문이다. 집에만 있으니까 주문 시장이 너무 커졌다. 이건 어마어마한 변동이다. 그래서 '내가 먼저라도 홍마담샵을 해야겠다' 싶어서 만든 거다. 만들다 보니까 지인이 회사를 차렸고 함께했다. 지인도 소개해주고 투자도 했다. 이제 1년 됐는데 아직도 무섭게 성장하는 중이다. 내 샵뿐 아니라 라이브 커머스 판 전체가 그렇다.

17. 윤정수식 살아남기

윤정수. 한때 파산과 재기의 아이콘이었던 그는 어떻게 어려운 시절을 돌파했을까? 때론 눈물겹고 때론 재기발랄한 정수식 살아남기를 이야기한다.

오
———
정수 씨는 말을 조리 있게 잘하는데, 그런 힘의 원천은 뭐야?

윤
———
책이 아닌 다른 매체에서 얻어. 게임 등에서도 얻고 신문이나 잡지도 보지. 난 모든 것을 알아야 한다는 강박 관념이 있어. 인터넷이든 동영상이든 많이 보고, 긍정적으로 잘 흡수해요. 난 학습을 굉장히 중요하게 생각해. 학學을 하고 습쬅을 해야 하잖아. 그래서 뭔가 듣거나 신문 같은 데서 본 거는 집에 와서 내 방식대로 메모를 해놔요. 이면지에 써놓거나 스크랩을 꼭 해놓지. (주머니에서 메모지를 여러 장 꺼낸다.)

홍
———
대박. 내가 이럴 줄 알았어.

윤
———
거기 내 말로 풀어서 반드시 요약해놔.

오
———
굉장히 부럽고 질투나. 말을 참 술술 잘해.

윤
———
짬밥이고 노하우야. 형, 나 방송 30년 됐어요. 1992년에 데뷔했으니까.

오
———
와, 벌써 30년 됐어?

윤
___

예. 그런데 아까 형이 사는 집 사진 세 군데 보고 우리가 "와우" 했잖아. 사람마다 "와우" 하는 분야가 있어. 그게 서로 다른 것뿐이지. 난 그런 걸 연구해.

오
___

일반인이 따라하지 못하는 뭔가가 정수 씨한테는 있어.

윤
___

난 뭐든 내 방식대로 수정해서 메모를 해놔요. 예를 들어 얼마 전 농협에서 덕이동이란 곳에 2900억 원을 투자했는데 남은 아파트 184세대를 어떻게 사 올건가 하는 이슈가 있었어. 이걸 내 방식대로 요약해. 일시불로 얼마를 경영진한테 주어야 받아 올 수 있지? 뭐 이런 거예요. 기사만 봐서는 몰라서 내 언어로 바꿔놓지요. 여기 봐. 아파트 바닥에 깔 바닥재 중에서 내가 필요한 거 써놨잖아. 내가 인테리어에 관심이 많거든. 나중에 인테리어 오디션 프로 하나 만들어보려고. 사업 아이템이기도 하고.

오
___

멋지다. 다양한 분야에 관심이 있어.

윤
___

인테리어 오디션, 처음 들어보죠?

오
___

응. 괜찮은 거 같아.

홍
___

그거 된다.

윤
___

아파트 하나 인테리어 잘하는데 10억 원도 안 들어. 그거 방송하는 거예요. 홍보, 광고가 되는 거지. 보통 아파트 단지 하나 광고하려면 30억 원 정도 드는데. 이게 낫지. 이런 거 건설사도 몰라. 이런 것도 캡처해놓는 거예요.

홍
___

대박. 나랑 같이하자.

윤
___

책이나 잡지 보면서 습해. 습득. 학습. 요즘 딸기가 많이 나와. 그래서 스트로베리를 염두에 두고 있어요. 왜? 방송에서 '부캐' 물어본다 쳐. 그럼 난 "네, 저는 스트로베리입니다" 하지. "네? 빨대인가요?" "빨대는 아니고요. 딸기요. 스트로베리 윤입니다." 뭐 이런 거. 100개에 하나쯤은 걸리지 않을까? 하여튼 방송하려니까 수시로 메모해놔요.

오
———

많이 봐서 시청자들한테 제시해야 하니까 소스를 많이 갖고 있어야 하는 거구나.

윤
———

내가 능력이 부족해서 초이스를 못 하니까 양을 많이 해서 질로 전환하는 거죠. 유튜브 등을 보면서 자질구레한 걸 많이 메모해놔요. 이런 게 있어. 요즘 미용실에서 하는 건데 2분 만에 긴 머리 마는 기구예요. 구멍이 몇백 개 뚫려 있어. 여자들이 쓰고 있으면 바로 말아주는 거지. 이게 200만 원이나 한대. 생각해보니까 200만 원이나 할 건 아닌 것 같아서 기계를 잘 아는 후배한테 이런 거 얼마면 만들 수 있냐고 물어봤어. 35만 원이면 만든대. 그럼 이거 35만 원에 만들어서 100만 원에 팔까? 뭐 요런 잔머리도 굴리고. 하하하. 여자들한테 물어봤더니 다섯 명 중 세 명은 관심 있고 두 명은 관심이 없어. 다섯 명한테 "다이슨이면?" 그랬더니 다 산대.

홍
_____

그렇지. 브랜드가 중요하지. 그거 나오면 홍마담 숍에서 팔자.

윤
_____

사업적인 아이템에 관심이 많아요. 형도 화장품 잘 안 팔리면 누군가를 끼고 해봐. 될 거야.

오
_____

참 관심사가 다양해.

윤
_____

얼마 전에 사우나에 갔더니 밑에서 바람 나오는 기계가 있더라. 여자들은 거기가 습해야 좋은데 남자들은 바싹 말라야 좋다며? 목욕하고 거기 서 있으면 밑에서 바람이 나와서 말려줘. 그런데 그것도 200만 원이래.

오
_____

구상한 아이디어 중에 실행한 거 있어?

윤
_____

아직 없어요. 그런데 최근에 나인 봇 관련 일을 한번 해볼까 생각 중이에요.

오

나인 봇?

윤

응, 전동 킥보드. 그것과 관련된 굿즈를 투자받거나 해
서 판매해보려고.

홍

사업적인 관심이 많아. 하고 싶어 하는 것도 많고. 특별
히 관심 있고 능력 있는 사업을 해봐.

윤

레스토랑 '청담 안' 해봤지. 친구랑. 그때 돈 좀 벌었어
요. 난 월급 사장이었지만.

오

연예인들이 화장품이나 식당을 많이 하는데 프로 의식
을 갖고 성공한 사람은 많이 없는 듯해. 내 후배가 모
스타의 인스타 담당인데, 홍보나 광고에 그다지 관심
없는 것 같대. 요즘에는 광고하는데 연예인보다 인플
루언서를 많이 쓰잖아. 이제 미디어 시대가 달라져가
고 있다고.

윤

맞아.

오

연예인도 자기 얼굴이나 이름만 갖고 하면 안 돼. 실력으로 해야지. 식당이라면 맛으로 해야 하고.

윤

요즘 고객들은 다 알아요. 형도 직접 나서기보다는 브랜드를 키워요. 브랜드를 만든 사람은 잘 만들어서 누군가에게 팔기 어렵지. 자기가 만든 브랜드는 자식 같을 테니까. 그래도 자기 브랜드를 팔 줄 알아야 해. 아니면 타이밍 놓친다.

어려운 시기 버티기

YOON SAYS

내가 살아남기 위해 어떻게 노력하는지 아는가? 나는 돈을 벌 수 있는 방법을 수백 가지 정도 늘 생각하고 있다.

진짜 어려웠을 때 몇만 원어치 기름을 넣기 위해 선배한테 찾아가서 밥 한 끼 사달라고 했다. 밥 먹으면서 "형, 나 차에 기름 한번 넣어줘"라고 부탁했다. 그렇게 기름 한번 넣으면 또 여기저기 돈 생길 곳이 없나 돌아다녔다. 그러다 일이 생기기도 하고, 지방에 가서 행사

216

를 하기도 했다. 하지만 일 없이 지낼 수도 있다. 그래서 노원구에서 며칠, 마포구에서 며칠…… 이렇게 한 달을 보낸 적도 있다.

아무리 지인이라도 무작정 찾아가서 돈 10만 원 달라고 하면 싫어한다. 하지만 차에 기름 한 번만 넣어달라고 하면 10만 원어치 넣어준다. 1억 원이라는 큰 돈도 10만 원 모으는 것부터 시작한다. 10만 원과 1억 원은 그리 먼 거리가 아니다. 10만 원이 1000번이면 1억 원이다. 부지런하면 금방 1억 원이 된다. 집을 사서 몇 년 깔고 앉아서 가격을 튀겨서 몇억 원을 벌 수도 있지만 이렇게 티끌 모아 벌 수도 있다. 돌아다니는 사람은 집이 필요없다. 기름을 채운 차만 있으면 된다.

진짜 어려웠을 때 나는 자존심으로 버텼고, 꿈으로 버텼다. 꿈이 컸다. 내가 이 정도에 무너질 리 없다고 생각했다. 남들 몇백억 원씩 버는데 이걸로 좌절하랴. 그리고 이상민도 있는데. (웃음) 1만 원짜리 밥에 10만 원짜리 기름만 있으면 되고, 소득은 얼마든 창출해낼 수 있다고 생각했다. 많이 벌어도 1만 원짜리 밥 먹었다. 그래도 하루 세 끼 꼭 챙겨 먹었다.

속옷도 몇 개만 있으면 된다. 돈 많이 번다고 패딩으로 만든 속옷 입는 거 아니다. 편하게 입고 자면 된다. 물론 언젠가는 패딩으로 속옷을 해 입을 거다. (웃음) 잠자리도 한 평이면 된다. 이렇게 내 몸 하나는 건사할 수 있다.

문제는 가족이 생기는 거다. '아내나 자식이 생기면 어떻게 하지'란 걱정은 있다. 내가 힘들면 또는 돈을 못 벌면 얼마나 마음이 아플까. 그런 생각이다. 난 언제나 '죽는 날이 편안한 날'이라고 여긴다. 누구든 내가 죽으면 슬퍼하지 마세요. 맘 편하게 푹 자는 날이니까.

18. 대한민국 통 게이, 홍석천

홍석천이 갖고 있는 '첫 번째 커밍아웃 연예인'이란 상징성은 20년째 이어지고 있다. 이 상징성은 그에게 부담일까, 자부심일까?

윤

지난번 이태원 사태(2020년 4월에서 5월 사이, 이태원 클럽 방문자 중 확진자가 다수 발생한 일) 때, 형 활약 좀 했지?

홍

세상에 화날 때는 인스타로 막 써요. 그렇게 몇 번 올렸어. 그랬더니 주변 사람들이 놀라더라. 제일 심했던 게 신천지발 코로나 때야. 그때 내가 신천지와 이만희에 대해 엄청 욕을 했어. "자기가 사랑하는 교주인데 왜 이야기 안 해? 당당하게 나와서 말해야지" 하며 비난했지. 그랬더니 난리가 났어.

그런데 조금 있다가 이태원발 게이 클럽에서 코로나 확진자가 터졌잖아. '아, 뭐라고 해야 되냐.' 내 지인이나 후배도 거기 간 사람들 많았거든. 이 사람들은 '아웃팅'(제3자에 의해서 동성애자임이 밝혀지는 상황)을 엄청 두려워해요. 나한테 문자가 오는 거야. "형, 나 그날 거기 가 있었는데 어떻게 하죠?" 하고. 나는 검사 받아보라고 했어. 그런데 애들이 동성애자라는 게 알려지면 회사에서 잘릴 텐데 하는 걱정이 드는 거야. "검사 받고 하루이틀 회사 못 나가는데 어떻게 하죠?" 이런 걱정의 문자를 너무 많이 받았어.

애들 입장이 있겠다는 생각을 했지. 그런데 용산구청장이 아무 이야기도 안 하는 거야. 대구시장은 잘했든 못했든 브리핑은 했잖아. 그런데 용산구청장은 왜 안 해? 그래서 내가 말했어. "다 나와서 검사 받아라.

익명으로 보호해줄 거다." 그랬더니 서울시에서 바로 호응해준 거야. 발언 전에는 "신천지 때는 당당하게 발언해놓고 이번에는 왜 발언 안 하냐"고 해서 '어떻게 해야 하지? 해야겠다'는 생각에 말한 거야.

오

잘했어. 석천 씨가 십자가를 졌네.

홍

나도 모르게 성소수자의 대표가 되고 상징이 됐어. 이태원의 상징도 됐고.

윤

동생이나 후배들이 성소수자라서 회사에서 잘리는 건 위법 아니야? 그런 문제를 겪고 있는 사람이 아직도 있다는 게 문제야.

홍

문제야. 피부로 느껴. 나도 차별 당해봤어. 커밍아웃하고 방송 몇 년씩 못 했지. 동성애자 상대로 상담도 많이 해주는데 나 혼자 다 할 수는 없어.

윤

시간도 안 되지. 어쨌든 공식화한다든지, 도움이나 지

자체의 조력 등이 필요하지 않아?

홍

단체가 있긴 해. 있지만 일반인은 그런 채널을 잘 모르고 두려워해. 그런 곳에 가는 걸 창피해하고. 나에게 느끼는 유대감과 연대 때문에 오는 경우가 꽤 많아. '홍석천이라면 내 얘길 들어주겠지. 그 사람이라면 편하게 가서 말하고 싶다'는 생각으로 오는 거야. 그래서 내치기가 참 어려워. 나도 생각이 많아요. 단체나 사람들과 함께 해결하는 부분에 한계가 있으니까 나라도 잘 대해주자는 사명감이 있어. 시골 사는 우리 부모님 생각하면 그들을 내칠 수 없지.

오

부모님이 힘들어하셨어?

홍

엄청 힘들어하셨지. 아직도 완벽히 이해는 못 하셔. 그냥 사랑하는 아들이니까 넘어가주는 거지.

윤

부러운 게 있어. 형은 가족하고 교류가 많은 거 같아.

홍

대한민국 동성애자는 다 한 번쯤 생각해. '한국에서 못 살겠다. 외국에서 살까?' 많은 지인이 해외로 도망치듯 갔어. 거기서 또 파트너를 만나고, 한국에는 가끔 들어오지. 그래서 나도 심각하게 고민했어. 일찍 데뷔해서 해외에 나갔지. 처음 사랑한 친구가 외국 친구라서 그런 생각을 더 했어. 네덜란드나 미국에 가서 살까. 그래서 얼마간 살기도 했어. 뉴욕에서. 그러다 '한국 사람이 한국에서 사는 게 제일 해피한 거구나' 하는 생각이 들었어. 한국에서 살려고 결정한 건 서른 살 때 네덜란드 남자 친구랑 헤어지고 나서야. '내가 살기로 결정했고 행복하게 자신감 있게 살려면 커밍아웃해야겠다' 하고 결심했지.

오

멋져. 다시 들어도.

홍

커밍아웃의 첫 번째 이유는 '행복하게 살고 싶어서'였어. 개인적으로 큰누나의 부재로 명절 때마다 부모님이 우셔요. 누나의 임종을 봤기에 죽음에 대한 생각이 강해. 그래서 두렵기도 했지만 어쩌다 내 주변에서 젊은 나이에 세상을 떠나는 친구들을 보면서 생각했지. '나도 언제든 떠날 수 있는데……. 매 순간 죽을 수 있는데……. 내 인생이 생각보다 길지 않을 거 같은 데……. 가만히 서 있다 횡단보도에서 차가 날 칠 수도 있고, 불이 나서 갑자기 죽을 수도 있고, 비행기가 갑자기 추락할 수도 있고……. 그런데, 이 아름다운 젊은 시절을 숨어서 살아야 하나?' 이런 생각을 하니 끔찍하더라. 해외에서 살면서 자유의 맛을 봤기 때문에, 또 해외에서 동성애자 친구들이 얼마나 당당하고 떳떳하게 사는지 봤기 때문에 숨길 수 없었어.

오
___

언제 커밍아웃했지?

홍
___

밀레니엄 2000년을 맞으면서, 서른 살이 되면서 커밍아웃했어.

윤
___

잘했어.

홍
———

새로운 세계가 오니까 '이젠 달라지겠지' 하면서. 큰맘
먹고 한 거야. 그런데 달라지긴……. (웃음)

윤
———

형 위치가 달라졌지.

홍
———

방송 몇 년 못 나갔지. 그땐 힘들었어, 진짜.

오
———

대한민국 톱 게이가 됐잖아. 그 덕에.

홍
———

그러니까. 그 정도는 감수해야지. 이제는 다 지난 일이
야. 이런 이야기를 할 날이 오다니.

아직 갈 길이 멀지만······

HONG SAYS

우리는 피부색으로 차별하면 안 된다는 걸 알고 있다. 하지만 사실은 어떤가? 차별하고 있다. 미국도 마찬가지다. 동성애자의 권리를 합법화한 선진국에서도 사실 차별이 없는 건 아니다. 나는 이게 'ing'라고 본다. 다만 그 속도가 중요하다. 우리나라처럼 보수적이고 유교적이고 가부장적인 나라, 동아시아의 아주 작지만 단일민족 개념이 강한 나라에서, 나와 다른 것에 대한 이해가 현저히 떨어지는 사회에서 커밍아웃한 지 이제 20년이 지났다. 난 이 정도도 다행이라고 본다.

"왜 딴 애들은 없어? 뭐가 달라?" 이런 이야기를 하는데 개인적으로는 아직 방송에 제약이 있긴 하지만, 일하면서 감사하게도 변화하고 있다는 것을 느낀다. 사람들의 반응만 봐도 옛날보다 내게 적대적으로 반응하는 비율이 현저히 낮아졌다. 나한테만 특별히 그런 것일 수도 있지만.

동성애 문제로 내게 상담하려는 분들이 많다. 대표적으로 자식들이 동성애자인 경우다. 어제도 한참 통화했다. 내가 전혀 모르는 분이었다. 가게 할 때는 벌써 눈에 눈물이 가득해서 찾아오는 분들이 많았다. 동생이나 자식이 동성애자라고 했다. 나는 그런 분들에게 가족이 그들을 어떻게 이해하고 받아들여야 하는지부터 이야기한다. 나 같은 동성애자는 어느 날 갑자기 그런 이야기를 꺼내는 게 아니다. 몇 년에 걸쳐서 숨기고 고민하다가 어렵게 말하는 것이다. 당사자는 정체성을 찾아가는 과정이 괴롭지만 방향성을 잡고 간다. 그런데 가족들은 마른하늘에 날벼락이다. 그전까지는 아무런 이해도 정보도 없다가 뒤통수 맞는 거다. 당연히 충격을 받는다. 자식을 붙잡고 "병원에 가자" "기도하자" "약 먹자" "넌 바뀔 수 있어" 하다가 "넌 내 자식 아니야"까지 간다. 굉장히 과격해진다. 이후 반응은 두 가지다. 가두든가 내쫓든가. 아이 입장에서는 갇히든가 가출하든가다.

그런 그림이 지금까지의 전반적인 모습이었다. 하지만 내가 하나하나 보여주는 것 때문에 이렇게 남들과 다른 형제자매들에 대한 이해가 조금씩 변화하고 있다. 게다가 그 변화의 속도가 점점 빨라지고 있다. 감사한 일이다.

19. 아파트, 주식, 그리고 떡볶이

재테크 교육을 정규 교육 과정에 넣을 필요가 있다고 본다. 사회 과목에 경제 원리 등 학문적인 내용만 있지 않나. 세상이 변했는데 교육은 아직도 예전 방식에 머물러 있다.

홍

애들이 요즘 다 아파트에 미쳐 있어.

윤

애들이 누군데?

홍

젊은 애들. 그런데 난 아파트는 아닌 거 같아. 나라의
정책이 반대로 가는데 왜 영끌해서 그걸 해. 정부는 무
조건 아파트값 잡으려고 난리잖아. 장기적으로는 불
안하다고 봐. 만약 내가 3억이 있다 쳐. 시골 땅을 사?
난 거꾸로 스페인, 이탈리아 이런 데 땅 살 거야. 할머
니 할아버지 때부터 살다가 어르신들이 다 돌아가셨
어. 동네에 젊은이는 없고, 부동산값 떨어진 데 사놓는
거야. 그리고 기다리는 거지. 자, 코로나 백신이 나와서
여행을 다시 할 수 있게 된다고 쳐. 그럼 대박 나는 거
야. 여행사, 항공사 주식은 지금 사놔야 해.

윤

내가 피디라면 난 지금 여행 프로를 만들겠어. 미래를
내다봐야지.

오

그런데 수리해서 에어비앤비 해도 돼. 노후에 거기서
살아도 되고.

홍

내 말이. 그렇게 되면 나이 먹고 1년에 한 3개월은 스

페인에서 사는 거야. 얼마나 좋아?

윤
———

내가 인테리어 오디션 프로그램 하고 싶다고 했잖아. 왜 그런 생각했는지 알아? 세상에서 제일 맘에 안 드는 게 우리나라 아파트야. 너무 똑같고 너무 개성 없어. 난 그거 개미지옥이라고 봐. 그런데 다 20억이야. 이게 말이 돼? 래미○, 아이○○ 브랜드만 붙으면 웬만하면 20억이고 압구정은 50억 원……. 이제 이런 시대는 가야 해. 진짜 이건 아니야.

오
———

누가 그걸 20억 주고 사? 이제는 개성 있는 인테리어로 가야지. 이를테면 편백나무향 인테리어 이런 거.

윤
———

형도 프랑스에 있으면서 좋은 정보 좀 나눠봐. 옷 팔지 말고 에펠탑 쇠에 슨 녹을 팔아.

홍
———

옷도 재미있어. 내가 알고 있는 네트워크가 좀 있는데, 이탈리아 북부에 가죽 공방이 많대. 한 동네에 말이야. 지인이 우리 가게에 왔다가 그런 얘기를 해. 우리

나라 사람들은 이탈리아, 프랑스 브랜드 너무 좋아하
잖아. 거기 가서 매출 좀 떨어지는 공방에 들어가는 거
야. "지금 많이 힘들 텐데 우리한테 한국 총판권을 주
시오." 옛날에는 힘들게 구걸했는데 지금은 안 그런대.
일단 한국의 위상이 높아졌고, 새로운 브랜드도 많으
니까. 그거 잘 받아 와서 멋지게 이름 붙여서 파는 거
야. 왜 이 시장을 생각 안 해? (성호에게) 형처럼 보는
눈 있는 사람들은 사이트를 만들어서 해도 될 거야.

오
———

맞아. 서울에서 보니까 메종 키츠네, 아미 이런 브랜드
가 유행이더라. 이게 병행 수입이거든. 샤넬이든 디오
르든 같이 사서 온라인으로 팔겠다는 바이어가 많아.

홍
———

요즘 명품 브랜드의 익스클루시브 총판을 S그룹이 갖
고 있어. 요즘에는 하나만 하는 게 아니고 병행한다고.

오
———

잘 아네.

윤
———

나도 이탈리아에 친구 있어. 지난번에 형한테 말했지?

그래서 성호 형하고 하고 싶은 이야기가 있어. 비싼 것
도 팔고 싸구려도 팔아, 형.

홍

나도 앞으로 브랜드를 소개하는 사람이 되고 싶어. 내
감성과 감각에 맞는 걸로.

유

난 나중에 로메오 룸에서 코리안 데이에 싸구려 팔 거야.

오

뭐 팔 건데?

유

난 시계가 안 맞아. 손목이 굵어서. (웃음) 지난번에 여
주 첼시에 쇼핑 갔는데 거기 직원이 말하기를 중국인
들이 와서 트레이닝복을 300벌씩 사 간다는 거야. 한
국 사람들도 이탈리아에 가서 그렇게 하겠지. 형이 하는
로메오 룸에서 한국산 중저가 제품을 몇백 개씩 파는 날
이 와야지.

홍

라이브 커머스도 하고. 파리에서 할 게 너무 많아. 파리
에는 패션 숍. 빈티지 숍 너무 예쁜 거 많잖아. 파리에

서 직접 우리한테 팔아. 사진 찍어서 온라인 숍을 만드
는 거야. 그런 거 할 수 있는 사람이 형밖에 없어. 형은
파리에 오래 살았으니까 잘 알 거 아냐.

윤
___

파리에 있어야 돼, 형은.

오
___

그런 거니? 프랑스 직원들은 그냥 한국에 계속 살면서
비즈니스 하라는데.

홍
___

파리가 맞아.

오
___

그럼 거기 있지 뭐.

윤
___

아, 우리가 파리에 가야 하는데.

홍
___

풀리면 가면 되지.

오
___

쇼룸 직원들이 그렇지 않아도 라이브 커머스를 하자는
거야. 다른 브랜드도. 우리는 지금까지 전문 바이어들

만 상대했거든. 앞으로는 일반 고객이 주문해도 똑같이 옷을 전달해줄 거야. 문제는 일반 고객이 바이어 가격을 주고 사는데 가격이 노출된다는 거지.

윤
———
이제는 오픈 소스 시대라니까.

오
———
그래. 그래서 앞으로 화장품도 가급적 재료 성분을 줄이고 성분을 다 오픈할 거야. 그동안은 제조회사에서 20~30가지 재료로 만들었는데 앞으로는 10가지 미만으로 줄여보려고. 소비자가 봤을 때 건강하다고 여길 만한 성분만 넣고 투명하게 할 거야.

윤
———
그럼 영업 비밀이 탄로 나는 거지. 사실.

오
———
괜찮아. 소비자 입장에 서보는 거지. 그런 게 우리 같은 인디 브랜드가 할 일이거든. 가장 필요한 시기에 사람들한테 꼭 필요한 제품만 만들 거야.

홍
———
나이 50 넘어가면 불안해져. 내가 뭘 할 수 있을까? 누

구랑 같이할 수 있을까? 그런데 우리 같은 네트워크가
뭉치면 같이할 수 있는 게 아주 많을 거 같아.

윤

아까 갖고 온 건 뭐야?

홍

(가방에서 뭔가를 꺼낸다) 내가 오늘 또 메뉴 아이템을 하
나 발견했잖아. 후배가 갖고 온 떡볶이인데. 이게 물건
이야. 떡볶이 만들 때 왜 떡에 양념이 잘 안 밸까? 양념
이 잘 배게 하려면 무진장 졸여야 돼. 얘가 이걸 연구하
다 떡에 구멍을 낸 거야. 그리고 떡을 반죽할 때부터 양
념을 넣었어. 잘 봐. 사탕처럼 들어가 있어.

오

와, 진짜 아이디어다.

윤

하나 줘봐. 먹어보게.(떡볶이를 집으려고 한다)

홍

(정수의 손을 치며) 야! 그냥 못 먹어. 조리해야 돼.

윤

쩝…….

236

홍

이런 원재료가 바뀌면 만들 게 너무 많아. 까르보나라,
치즈, 페스토, 고추장 등 다 들어갈 수 있어. 다양한 떡
볶이가 되는 거야. 이탈리아 파스타처럼 이것도 다양
하게 하는 거야.

오

좋다.

윤

그런데 일단 밥부터 먹자. 배고프다. (웃음)

20. 모두에게 파랑새는 있다

대한민국의 트렌드를 이끌어가는 패션, 방송, 요식업 계의 세 남자. 이들의 꿈은 뭘까?

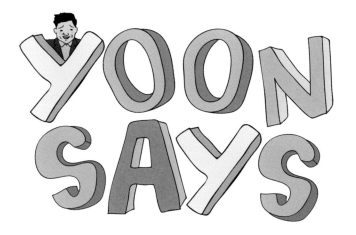

소외된 아이들을 돕고 싶다

YOON SAYS

　난 아기가 태어나는 모습을 보면 참 슬프다. 태어날 때 감동적이지 않나? 엄마가 아기 손을 잡는 모습은 세상에서 가장 거룩하고 아름다운 풍경이다. 그런데 난 그런 생각이 든다. '이제 하루하루가 이별의 시작이구나' 하고. 하루를 산다는 건 생명에서 하루 멀어지는 것이다. 또 하루를 사는 건 그만큼의 고통이다. 그런 생각을 하면 우울하다. 하지만 우울하기에 소중하다. 하루하루가 귀하다. 그걸 왜 사람들은 못 느낄까? 가족이

239

있는 사람들은 오늘 집에 가서 가만히 보라. 가족이 다르게 보일 거다. 다 소중한 사람들이다. 물론 나나 여기 형들은 돌아가도 반겨줄 가족이 없지만. (씁쓸한 웃음)

놓을수록 행복할 수 있다. 혼자 말고 같이 가고 싶다. 그런데 내 생각을 같이 갖고 갈 사람이 있을까? 좀 아팠던 사람이라면 같이 갈 수 있을 거 같다. 기회가 된다면 불쌍한 아이들과 함께하고 싶다. 동방사회복지재단에 가끔 기부도 하고 찾아도 간다. 그런데 보면 아이들이 강아지들처럼 몰려서 누워 있다. 수십 명이 누워 있는 걸 보면 귀여워서 그런 생각이 드나 보다. 애들이 날 한번 보면 내 눈을 안 놓친다. 선택 받으려고 그러는지…….

태어남이 꼭 축복은 아니라는 생각도 든다. 돈을 좀 벌고 싶다. 사업을 하나 해서 성공하고 싶다. 아파트 부동산을 취득해서 불로소득을 취하기보다는 미지의 땅을 개발해서 부가가치를 높이고 싶다. 그것이 이루어지면 그 돈으로 좋은 일을 하고 싶다. 잘난 척하고 싶다.

그 잘난 척이 뭐냐고? 버려진 영아를 위한 사업이다. 이 세상에 사는 사람들 중에서 가장 불리한 사람은 자신의 의지대로 할 수 없는 0세부터 초등학교 1학년 정도의 아이들이다. 이런 아이들이 사회적으로 재탄생했으면 좋겠다. 아이들이 적당한 수준의 환경에서 자랄 수 있기를 바란다. 내 어린 시절을 생각해보면 할머니가 날 위해 목숨을 바치신 정도는 아니었다. 그저 다치지 않게 신경 써주고, 밥 세 끼 먹이고, 잠자리 챙겨주고 그런 정도였다. 그게 적당한 거다. 그런데 그 정도 돌봄도 받지 못하는 아이들이 수두룩하다. 편의점에 와서 배고픔을 호소하는 아이들. 재입양되어서 장 파열된 아이들. 정인이처럼 맞아 죽는 아이들. 이게 말이 되나? 말이 안 된다.

이런 아이들을 도와주고 싶다. 울타리만 되어주면 된다. 나는 방송국에 다니고 도우미 아줌마가 키워도 그 정도는 키운다. 우리 엄마도 치매가 와서 사회복지사가 3~4년 돌봤다. 도우미 아줌마 한 분만 있으면 나도 아이를 키울 수 있을 거 같다. 나도 그렇게 자라왔다. 적당히 컸다. 적당한 게 참 어렵고 좋은 거다. 병에 안 걸리게 돌보는 거. 대강이 아니고 너무 잘 키우는 것도 아니다.

내 꿈은 영아들을 키우는 것, 도우는 거다. 그것 때문에 보증까지 섰다. 좋은 시절 다 갔다. 이제는 주식회사를 설립해서 본격적으로 운영하고 싶다. 돌보미 센터 하면 된다. 기저귀도 만들고 키즈클럽, 유튜브 등도 하면서 다각도로 할 수 있을 것 같다. 파산 사건 이후 10년이 지났지만 그 꿈을 아직 버리지 않았다.

무대에 섰을 때 살아 있는 걸 느낀다

HONG SAYS

방송할 때마다 작가들이 "자막에 프로필 뭐라고 써 드려요?"라고 묻는다. 옛날에는 꼭 '배우 홍석천'이라고 써달라고 요구했다. 비행기 타고 해외 나갈 때 직업란에도 꼭 'Actor'라고 썼다. 사람들이 가끔 물어본다. "개그맨인가, 배우인가, MC인가, 아니면 식당 주인? 도대체 뭐냐?" 내가 스펙트럼이 좀 넓지 않은가. 그래서 우스갯소리로 이렇게 답한다. "제 별명이 문어거든요. 문어발 걸치듯 이것저것 많이 합니다."

아는 프리랜서 형은 스스로를 '물산'이라 하더라. 물산이나 종합상사는 바늘부터 비행기까지 다 판다. 방송인들이 그렇다. 사회도 보고, 연기도 하고, 사업도 하고……. 아니, 돈 준다는 데 못 할 게 뭐 있나? 그런데, 그래도 난 배우다. 배우라고 할 때가 제일 좋다. 출발이 무대였고, 지금도 그렇다. 방송하면서도 '1년에 한 편은 뮤지컬이나 연극을 해야지. 최소한 2년에 하나는 해야지'라는 생각을 늘 한다. 2021년 2월에 연극 〈라이어〉에 서달라는 섭외가 왔다. 스케줄이 문제인데 하긴 할 거 같다. 2021년 연말에 국립극장에서 하는 정극 작품이 있다. 영국에서 히트 친 어려운 작품인데, 석 달 이상 연습해야 한다. 연출도 대단한 분이다. 50 넘어서도 이런 작품이 들어온다는 게 진짜 감사한 일이다.

문제는 '몰빵'해야 한다는 것. 연출이 연락해서 그러더라. "이건 홍석천 씨 한 분이 원 캐릭터로 갔으면 좋겠다"고. 더블이 없어서 전 무대에 다 서야 한다. 스케줄이 문제다. 이거 하면 다른 수익되는 거 못 할 수도 있다. 그래서 아직 감독한테 답을 안 줬고 고민 중이다. 자료 동영상을 봤는데, 작품 하나는 기가 막히다. 하고 싶은 마음도 있다.

일생의 한 시기에는 몰두해야 하지 않나? 지금 그런 생각을 하고 있다. 50 넘어가는 이 시기는 새출발하는 기간이다. 사업이나 방송은 잘하고 있다. 그런데 직업에 'Actor'라고 쓰면서, 말로는 배우라고 하면서 난 뭘 하고 있나? 이런 생각이 들었다. 내가 인생의 어느 한 시절 진짜 배우로서 에너지를 쏟은 적이 있나? 20대 빼놓고는 없지 않은가?

감독이 계속 보자고 하는데 코로나 핑계 대면서 만남을 미뤘다. 지난번 통화 때 이렇게 물었다. "다른 캐릭터는 누가 캐스팅됐나요?" 그랬더니 연출이 답했다. "저는 홍석천 선배님께 제일 먼저 연락드렸는데요." 어휴, 사람 미치게 하는 거지. 동시에 감사한 일이다.

예전에는 공연을 보러 참 많이 갔다. 그런데 요즘에는 공연을 보러 잘 안 간다. 공연을 보고 오면 하고 싶은 병에 걸려서 힘들 정도니까. 옛날에 같이했던 후배들이 지금은 다 주연을 하고 있다. 공연이 끝나고 분장실에 가서 인사하면 너무 부럽고, 걔들이 입은 의상을 보면 입고 싶고 막 그렇다. 그래서 잘 안 가게 된다. 누가 그러더라. "개들은 건물이 없지 않냐"고. (웃음) 하나를 얻으면 하나를 포기해야 하는데, 나는 이쪽을 선택했으니까. 방송과 연예인 쪽을. 그래도 공연을 보고 오면 며칠씩 힘든 건 사실이다.

〈에인절 인 아메리카〉라는 이 연극 대본을 아직 안 보고 있다. 그거 보면 진짜 하고 싶어질까 봐. 미팅 상대가 너무 예쁘면 사귀고 싶어지는 것처럼. 그 감독도 알더라. 동성애자 캐릭터가 많이 나오는데 다들 기막힌 스토리를 갖고 있다. 난 간호사 역이다. 환자로 들어온 사람이 있다. 이 사람도 동성애자인데 그걸 숨기고 동성애자를 박해하는 법안을 낸다. 미국 트럼프 행정부에 실제 있었던 인물이다. 이 사람이 누가 봐도 게이인 간호사랑 끝없이 이야기를 나누면서 의식을 바꾼다. 무려 세 시간짜리다.

내가 이걸 한다면 홍석천 연기 인생에 분기점이 될 거다. 내게 무대에 대한 갈망이 있는 것도 사실이다. 그런데 사실 또 게이 역할이라 고민되기도 한다. "이제 다른 역할을 해도 되지 않나?"라고 말하는 사람도 많다. 그런데 이게 배우가 선택할 수 있는 일이 아니다.

그래도 그동안 게이가 희화화되어 있는 거는 안 했다. 그러다 어느 날 갑자기 그런 생각이 들었다.

'사람들은 날 대한민국 톱 게이로 알고 있는데. 홍석천 하면 최초의 커밍아웃 연예인인데, 내가 왜 이런 제안을 내치고 있을까? 커밍아웃은 왜 한 건가? 차라리 거기서 최고가 되자. 유일무이한 사람이 되면 된다.'

감독한테 가서 "나이도 들어가는데 옛날처럼 방방 뜨라고 하면 힘들어요"라고 할 필요 있나. 그런 모습이 같이 일하는 사람도 힘들게 하는 거 같았다. 그래서 〈라이어〉 20주년 공연을 했다. 원래 〈라이어〉는 한양대 연극영화과 출신 동문 선배들, 그러니까 설경구, 권해효, 안내상, 이문식 같은 분들하고 공연했었다. 되게 흥행이 잘됐던 작품이다. 그거 하면서 많이 배웠고, 그렇게 배운 것을 시트콤 〈남자 셋 여자 셋〉에서 써먹었다. 〈라이어〉 할 때 이정섭 선배가 〈사랑은 그대 품 안에〉로 한창 바빴는데, 대학 은사님이 나를 더블로 써주셨다. 열정을 갖고 순수한 마음으로 연기했고, 그게 먹혔다. 관객들이 빵빵 터지고 호응이 좋았다. 그때의 그 기분을 여전히 기억하고 있는데 왜 난 자꾸 안 하려고 했을까? 그런 생각을 많이 했다.

시간이 흘러서 교수님에게 "저 〈라이어〉해도 돼요?"라고 여쭤봤다. 이 작품은 원래 교수님이 영국에서 가져온 건데 대학로에서 학생들끼리 했다. 그때는 '심바새메'라고 〈심야에는 바바라, 새벽에는 메리와〉라고 제목을 바꿔서 했다. 택시 드라이버가 두 집 살림하는 이야기다. 그런데 제작자가 〈라이어〉라는 제목으로 대학로에 올렸고, 시리즈로 공연해 돈을 엄청 벌었다. 그런데 교수님한테 인사를 제대로 안 했는지 어쨌든 교수님은 제자들이 〈라이어〉하는 걸 달가워하지 않으셨다. 나도 최형인 교수님 제자니까 여쭤본 것이다.

그렇게 20년이 지났다. 2017년 제작자가 다시 연락을 했다. "석천아, 너 이제 나랑 이거 해도 되잖니?" 그래서 교수님한테 전화를 했다. "선생님, 저 이만저만해서 〈라이어〉 섭외가 왔는데 선생님이 허락하시면 하고 허락 안 하시면 안 할게요" 그랬다. 그랬더니 교수님이 "석천아, 해. 너 잘되는 거 내가 막을 사람 아니니까 즐겁게 해라. 나도 나이 먹었잖아"라고 하셨다. 그래서 "네" 하고 답했다. 하니까 참 행복하더라. 하다 보니까 내가 스물네댓 살 먹었을 때 얼마나 열심히 재밌게 했는지 생각이 났다. 낮에는 티켓 팔고 밤에 공연하고…….

그게 연극의 맛이다. 안 해본 사람은 모른다. 너무 좋았다. 그래서 이번에 다시 〈라이어〉섭외 연락이 와서 "어려우니까 도와달라"고 하자 그렇게 한다고 했다. 또 올해 12월 〈에인절 인 아메리카〉에서도 새로운 홍석천의 모습을 보여주고 싶다. 마음은 이미 무대에 가 있다. 가게하고 사업은 어쩔 수 없이 하는 거다. 즐겁든 아니든 생존의 문제다. 무대는 내게 영원한 파랑새다.

화려함을 접고 신박함으로

OH
SAYS

　초등학교 때 〈까삐딴 리〉라는 연속극을 봤다. '까삐
딴'은 영어 '캡틴^{captain}'의 러시아식 발음으로, 탤런트
이정길 씨가 주연을 맡았다. 일제 강점기 때는 황국신
민으로 철저히 일제에 부역하고, 광복 이후에는 친소
련파가 되었다가, 미군이 오자 미국에 협조하며 사는
역할이었다. 한마디로 환경에 맞게 산 사람이다. 나는
그의 사상에 동조하는 게 아니라 그의 변신에 주목했
다. 나는 파리 패션계 인사들이 모이는 샹들리에 아래

서는 나 자신에 대한 자신감을 갖고 화려하게, 내 고향 정읍에서는 소박하게 산다. 이렇게 행동하는 것을 기회주의가 아니라 그 환경에 날 맞추는 거라고 생각한다.

파리에서 패션 스타들, 바이어들을 만날 때는 그들보다 더 멋지게 하고 나간다. 프로와 프로의 만남이고 격에 맞게 해야 하기 때문이다. 명품 브랜드 매장의 판매원들이 멋있게 차려입고 있듯이. 30년을 그렇게 생활해왔다. 우리 쇼룸에 온 사람들에게 '아, 저 사람은 도매 옷을 팔아도 멋지게 하고 있구나' 하는 생각이 들게 만들어야 한다는 게 내 신조다.

파리에 처음 발을 디딘 뒤 지금까지 자신감이라는 단어는 한 번도 내게서 멀리 떨어져 있지 않았다. 내게는 든든한 백그라운드도 없었다. 그들에게 나는 그저 저 멀리 가난한 한국에서 온 이방인이었다. 불어도 '아, 베, 세, 데abcd'부터 시작했다. 남들이 내 말을 귀담아 들어주지 않으면 더 큰 목소리로 말했고, 지하철 머리 위에 있는 손잡이를 잡을 때도 항상 허리를 곧게 뻗으려고 노력했다. 내가 모시는 사장님을 위해서가 아니라 나를 먼저 생각하니 일하는 게 너무 즐거웠다. 정말 난 일요일 저녁이 제일 지루했다. 빨리 사무실에 가고 싶어서 월요일 아침이 기다려질 정도였다.

내가 만든 자신감은 날 최면에 빠지게 했다. 더 멀리, 더 높이, 더 깊이……. 이 자신감의 연장선에 2년 전 만든 남자 화장품 '오탑'이 있다. 지금까지 여자 친구에게 혹은 아내에게 가려져 있던 남자의 기본적인 권리를 되찾아보자는 게 내 생각이다. 여성들만 피부가 중요한 게 아니라 우리 남자들도 피부가 중요하다는 것을 알려주고 싶었다.

하지만 은퇴하면 정읍에서 예쁜 쌀 가게를 하고 싶다. 왜? 먹는다는 것은 가장 본능적인 것이다. 내가 생각하기에 우리나라 쌀 중에는 이천 쌀, 여주 쌀, 김제 쌀 등등이 좋다. 핵가족화되어서 이제는 적은 양으로 팔아야 한다. 예쁜 베이커리처럼 인테리어를 깔끔하게 하는 거다. 모던한 쌀 가게인 거지. 거기서 쌀하고 콩, 참깨 같은 걸 빵처럼 팔고 싶다. 포장도 세련되게 하고 디스플레이도 엣지 있게 해서 고객에게 감동을 주는 쌀 가게를 하고 싶다.

인간문화재 같은 장인들은 아름다움을 만들지만, 현

대를 사는 젊은이들의 눈높이에 자신을 맞추지는 못하는 것 같다. 그분들이 구현하는 아름다움을 현대적 감각으로 유통시켜야 한다. 정미소 기계를 그대로 연결해서 쌀을 찧는다든가, 싱싱한 무나 참깨 등을 같이 파는 거다. 지역 특산물을 파는 시크한 가게를 하면서 고유한 전통미와 현대 소비자를 연결하는 역할을 하고 싶다.

또 있다. 만일 내가 파리 생활을 청산하고 한국에서 살기로 결정한다면 나는 내 고향 정읍의 한적한 지역, 지평선이 보일락 말락 벼가 있는 논 자락 한가운데 현대미술 전시장을 만들고 싶다. 내가 그동안 컬렉션한 작품을 한곳에 전시하는 거다. 논일 밭일을 하다가 지친 내가, 또 이웃들이 미술관에 들어와 즐기다 가는 것은 어떨까? 벼가 누렇게 익어가는 호남평야 한복판에 콘크리트로 지은 모던 아트 뮤지엄이 있다고 상상해보라. 가슴이 설레고 심장이 쿵쾅거린다.

몇 년 전 지인들과 독일로 건축 여행을 갔을 때, 바겐도르프Wachendorf라는 마을에서 밀밭에 지어진 작은 교회를 봤다. 페터 춤토로Peter Zumthor가 지은, 한 명이 들어갈 수 있는 작은 교회였다. 100여 개가 넘는 원목을 텐트 치듯 위로 쌓아 올려 바깥은 콘크리트로 마감하고 실내에 있는 원목에는 불을 붙여 3주 동안 태웠다고 했다. 천장에 뚫린 구멍으로 햇빛이 들어오고, 비가 오면 그대로 물이 샌다. 전기도 없는 그곳이 난 굉장히 마음에 들었다. 그 건물에서 영감을 받아 정읍의 논 한가운데 박물관을 짓겠다는 생각이 떠올랐다.

물론 더 화려한 꿈도 있다. 세계적인 패션 거물들을 초청해서 멋진 패션 페스티벌을 연다든지, 서울에서 패션 디자이너와 언론 관계자, 패션 회사 임직원들을 모아 신개념 패션 심포지엄을 한다든지, 패션 쪽으로 진출하려는 후배들을 양성한다든지.

내게는 한국인의 감성과 프랑스인의 감각이 혼재되어 있다. 현재 하고 있는 패션 사업이나 남성 화장품 분야 또는 미래에 할 그 어떤 일도 이 두 가지 영역이 합쳐지면 못 할 게 없다고 본다. 어떤 꿈이 되었든 나는 늘 아름다움과 세련됨을 추구하면서 쉬지 않고 노력할 거다. 내 꿈이 많은 이의 꿈이 되는 날까지.

셋이서 수다 떨고 앉아 있네

2021년 10월 28일 1판 1쇄 인쇄
2021년 11월 5일 1판 1쇄 발행

지은이 | 오성호, 홍석천, 윤정수   정리 | 명로진
펴낸이 | 이종춘
펴낸곳 | BM (주)도서출판 성안당
주소 | 04032 서울시 마포구 양화로 127 첨단빌딩 3층(출판기획 R&D 센터)
       10881 경기도 파주시 문발로 112 파주 출판 문화도시(제작 및 물류)
전화 | 02) 3142-0036
       031) 950-6300
팩스 | 031) 955-0510
등록 | 1973. 2. 1. 제406-2005-000046호
출판사 홈페이지 | www.cyber.co.kr
ISBN | 978-89-315-5709-1 03810
정가 | 17,000원

이 책을 만든 사람들

기획·편집 | 백영희
교정 | 허지혜   표지·본문 디자인 | 이승욱 지노디자인
국제부 | 이선민, 조혜란, 권수경   마케팅 | 구본철, 차정욱, 나진호, 이동후, 강호묵
마케팅 지원 | 장상범, 박지원   홍보 | 김계향, 이보람, 유미나, 서세원
제작 | 김유석

▪도서 A/S 안내

성안당에서 발행하는 모든 도서는 저자와 출판사, 그리고 독자가 함께 만들어 나갑니다.
좋은 책을 펴내기 위해 많은 노력을 기울이고 있습니다. 혹시라도 내용상의 오류나 오탈자 등이
발견되면 "좋은 책은 나라의 보배"로서 우리 모두가 함께 만들어 간다는 마음으로 연락주시기 바
랍니다. 수정 보완하여 더 나은 책이 되도록 최선을 다하겠습니다.
성안당은 늘 독자 여러분들의 소중한 의견을 기다리고 있습니다. 좋은 의견을 보내주시는 분께는
성안당 쇼핑몰의 포인트(3,000포인트)를 적립해 드립니다.
잘못 만들어진 책이나 부록 등이 파손된 경우에는 교환해 드립니다.